소설 사임당

소설 사임당

초판 1쇄 발행 2016년 10월 3일
초판 2쇄 발행 2017년 1월 26일

지은이 | 손승휘
펴낸이 | 이춘원
펴낸곳 | 책이있는마을
편 집 | 이경미
디자인 | 고 니
마케팅 | 강영길

주 소 | 경기도 고양시 일산동구 무궁화로120번길 40-14(정발산동)
전 화 | (031) 911-8017
팩 스 | (031) 911-8018
등록일 | 1997년 12월 26일
등록번호 | 제10-1532호
이메일 | bookvillagekr@hanmail.net

ISBN 978-89-5639-264-6 (03810)

손승휘 장편소설

소설 사임당

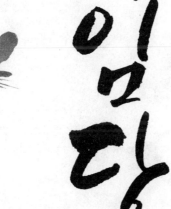

책이있는마을

가난함으로 인해
선비들이 누추해지지는 않는다.
출세하지 못한다고 해서
가문 또한 누추해지지 않는다.
다만 누추해지는 때는
본성을 버리고 시류를 따를 때뿐이다.

손승휘

|차례|

序

순이 탕에게 보위를 물려주면서 말했다.

"하늘의 뜻이 그대에게 옮겨갔으니 진실로 중용하시게. 백성들이 도탄에 빠지면 하늘님이 주신 작위도 영원히 끊기게 되리니."

탕이 맹세했다.

"소자, 보잘것없는 리는 감히 검정 수소를 제물로 바치며 빛나고 빛나는 후제에게 남김없이 보고합니다. 죄를 지으면 용서하지 않겠습니다. 천제께서 보내신 신하의 선악을 내버려두지 않겠으며, 그것을 가리는 일은 천제의 마음을 따르겠습니다. 제가 직접 죄를 지었다면 만방의 백성과 무관한 일입니다. 그들에게 벌을 내리지 마옵소서. 만방의 백성들이 죄를 짓는다면 그 벌은 제가 스스로 달게 받겠습니다."

사림(士林)은 옥중에서 연명으로 상소를 올렸다.

"여러 사람들의 시기를 받으면서도 오직 임금이 요순과 같기만을 바랐습니다. 이것이 어찌 일신을 위한 일이겠습니까? 사사로운 마음은 없었습니다."

임금은 아무 응답도 하지 않았다.

신명화는 동료 사림들과 함께 옥에 갇혀서 첫날밤을 보냈다. 매일 추국이 진행되었으나 그는 불려 나가지 않았다. 모두가 입을 꾹 다문 채 아침을 맞았다.

누군가는 죽고 누군가는 귀양을 가리라 믿었지만, 역모도 아니고 난리가 있었던 것도 아니어서 가문에까지 화가 미칠 것 같지는 않았다. 다만 사림의 몰락이 안타까울 뿐이다.

감옥 주변에서는 비위를 상하게 하는 살 비린내가 풍겼다. 너무 많은 선비들이 한꺼번에 잡혀 들어와 있으니 입을 다물고 있어도 입구린내까지 심했다.

날이 차가운 게 냄새를 막아주니 다행이라고 생각할 수는 없었다. 지난밤에는 자칫 앉은 채로 얼어 죽을 수도 있다는 생각이 들만큼 추웠다.

밤새 추위에 떨어서 따뜻한 국밥 생각이 간절했는데 막상 주먹밥이 들어오자 아무도 받아먹지 않았다. 몸은 굳고 배고픔에 헛구역질이 나려는 판인데도 헛기침 하나 일어나지 않았다.

"선비님네들은 안 자셔도 글만 읽으면 배부르시지."

"바깥 방에 주면 환장하겠네."

옥리들은 빈정대며 주먹밥을 도로 가져갔다. 누구 하나 아쉬워하지 않았다. 모두의 신경은 정암 선생의 안위에 쏠려 있었다. 그러나 또한 누구도 그런 문제를 입에 올리지 않았다.

안위 따위를 입에 올리는 것이 선비로서 부끄러운 일이라고 생각했다. 아무리 정암 선생의 일이라고 해도 그런 면에서는 마찬가지다.

선비는 자기를 생각하고 움직이지 않아야 한다.

다시 밤이 오고 혹한이 몰아닥쳐서 전신에 얼음이 박이는 듯한 느낌으로 아침을 기다렸다. 가부좌를 한 다리가 다시는 움직이지 않을 것만 같았다. 잡념이 없어야 하는데 자꾸만 잡념이 들어온다.

아내 얼굴도 떠오르고 아이들 얼굴도 떠오른다. 딸만 다섯이라고 해서 재취를 구하라는 주변 사람들의 속 모르는 소리를 많이도 들었다. 대를 이어야 하는 것은 알지만 마음이 가지 않는데 억지로 여자를 품고 싶지는 않았다. 아니, 그보다 아내 가슴에 못을 박기 싫었다.

가문이든 사람이든 공맹지도든, 사랑을 이긴다더냐.

사흘이 지났다. 그리고 추국을 받고 반은 주검이 되어서 들어선 사간원 한 사람에게 정암 선생의 소식을 들었다. 몇 번 마주친 적은 있지만 알지는 못하는 사람이었다.

그의 입을 통해서 정암 선생의 귀양 소식을 들었다. 그토록 총애하던 임금께서 어찌 이렇게 일사천리로 귀양을 보내시는가. 혹시 훈구파에서 더 심한 벌을 주창하는 게 두려워서 일찌감치 끝을 내시려는가.

1. 신명화申命和

정암은 사약을 가져온 유엄에게 물었다.

"임금께서 내리신 사사의 죄명은 무엇이오?"

유엄은 정암의 죄목을 몰랐으므로 아무 대꾸도 하지 못했다.

정암은 그 자리에서 임금이 계신 곳을 향해 절을 올리고 충절의 시를 유언으로 남겼다.

"임금을 어버이처럼 사랑했고, 나라를 집안처럼 여겼습니다. 푸른 하늘 밝은 해가 비추니, 내 맑은 충절을 드러내고 있습니다."

나흘째 아침. 옥사를 나서니 눈이 내리고 있었다. 바람도 차서 눈발이 사방에서 회오리를 일으키는 듯하다. 온몸에 얼음이 박여서 아려야 할 텐데 의외로 찬바람이 시원했다.

마중을 나온 가족들과 얼싸안는 동료들을 뒤로하고 걷다가 어머님과 마주섰다. 마음고생 시켜드린 것이 죄송해서 그 자리에 엎드리려는데 어머님이 차갑게 말리셨다.

"그러지 말아라. 흉하다."

"예."

고개를 숙여 보이는데 이미 돌아서신다.

"앞서거라. 집에 가자."

눈발이 날리는 거리를 걷는데 사람들이 여기저기 모여 서서 걱정되는 얼굴로 수군거렸다. 조정이 시끄러우면 백성들도 덩달아 일상이 심란해진다. 언제 무슨 일에 연루되어 아닌 밤중에 홍두깨 내밀듯 얻어맞을지 모르기 때문이다.

상전이 힘을 잃으면 아랫것들 목숨은 누군가의 손에 부쳐진다. 혹은 근처에 있다가 휩쓸려 팔자가 꺾이기도 한다.

생각해보면 이름도 없는 나이 든 백면서생에 불과한 자신도 한

무리로 휩쓸려서 옥살이를 하지 않았던가. 다행히 일을 빠르게 조용히 정리하려는 임금의 뜻으로 자신을 비롯한 사람들이 많이 다치지는 않았다.

집에 들어서자, 하인들이 달려 나와서 허리를 숙였다. 웃으면서 인사를 받고 대청으로 올라섰다. 어머님을 정좌하시게 하고 절을 올렸다.

"심려 많으셨습니다."

"바로 먹거나 씻으면 안 좋으니 일단 좀 자거라."

"예, 들어가겠습니다."

방으로 들어가서 찌들고 더러워진 옷을 벗었다. 솜이불을 덮고 누우니 뼈마디에서도 입에서도 저절로 소리가 났다. 얼음 박인 발가락이 아렸다. 천장을 물끄러미 올려다보는데 정신이 가물가물해졌다.

잠결에 어머니께서 슬그머니 들어와서 더러워진 옷가지를 내어가고 새옷을 가져다 놓으시는 걸 느꼈다. 그리고 다시 깊은 잠에 빠져들었다.

"무사했으니 다행이다만, 그 바람에 네 처자와 한 약속을 지키지 못했구나."

수저를 놓고 숭늉을 마시는데 어머니께서 넌지시 말했다.

14

"무슨 약조라도 있었습니까?"

"인편에 서신이 왔었다. 그런데 알아보는 중에 사단이 나고 말았구나."

"무슨 서신이었습니까?"

"네 후사 이야기다."

어머님은 일부러 차가운 얼굴을 하셨다. 후사 이야기를 할 때마다 서로 신경이 날카로워지니 당신께서도 자연스럽게 긴장하시는 듯하다.

"후사 이야기를 뭐라고 보내왔습니까?"

"너 떠날 때에 약조를 했는데 진전이 있나 물어왔다. 어째서……."

"마음에 없는데 하도 곱씹기에 그냥 그러마고 했던 일입니다."

"허언을 했다는 말이냐?"

"허언이라기보다 그냥 생각해보마 했습니다. 괘념치 마십시오."

"괘념치 말라니? 어미가 더하면 더했지 덜해서 상관을 않겠느냐?"

어머니께서 슬쩍 이름이 적힌 종이 하나를 방바닥에 밀어놓으셨다.

"아주 상것은 아니다. 평민인데 일찍 아버지를 여의고 어머니와 힘들게 지낸다고 한다. 생긴 것도 훌륭하고……."

"어머니."

"먼 눈길로나마 한번 보지 않으려느냐?"

"어머니."

"당장 무얼 하라는 건 아니다. 그저……."

"지금 정암 선생께서 귀양을 떠나시고 동료들이 모두 어찌 될지 모르는데 저만이 풀려났다고 해서 다른 데로 눈을 돌리겠습니까?"

어머니는 말을 멈추셨지만 많이 서운한 눈치다.

"그보다 제 소식을 저희 집에 전했는지요?"

"아직 소식이 당도하지는 않았을 테지만 곧 알게 될 것이다. 봇짐장사 가는 사람을 통해서 소식을 알리라고 했다."

신명화는 긴 숨을 내쉬었다.

"괜한 일을 하셨습니다."

"어째서 괜한 일이냐? 남편의 일을 아내가 몰라서야 되겠느냐? 마중이라도 했어야 하지만……."

어머니의 얼굴에 노기가 서렸다.

"아까도 보았지만, 어미가 마중을 나간 건 나 하나였다. 다들 아들들이 마중하지 않더냐?"

"면목 없습니다."

신명화는 고개를 숙였다. 모든 이야기의 결말이 한곳으로 몰리는 게 짜증스러웠지만 어머니 속을 모르는 바도 아니다.

"아니다. 속 복잡할 텐데 내가 잔소리까지 했구나. 그만 쉬어라."

16

신명화는 몸을 일으키다가 말고 어머니를 바라보았다. 죄송스럽기는 하지만 그냥 주저앉아 있을 수도 없다.

"소식을 전했으면 걱정이 이만저만이 아닐 듯합니다. 아침 일찍 길을 떠나야겠습니다."

"날이 이렇게 차고 눈까지 오는데 어찌 길을 가겠느냐?"

"자주 가던 길이니 별일이야 있겠습니까?"

어머니는 그냥 고개를 숙여버리셨다.

아침 일찍 행장을 꾸리고 나섰다. 소식이 안사람에게 전해지지만 않았다면 며칠 쉬어야 할 몸이지만, 아내가 소식을 들었을 것이니 하루라도 빨리 가서 무사함을 알려야 했다.

사흘 전에 출발했다 하니 내처 걸으면 이틀 사이로 도착해서 길게 걱정하지 않게 할 수 있을 것 같았다. 눈이 그쳐서 고마웠다. 날이 좋아서 대관령 빼고는 눈이 없었으면 싶었다. 본래는 겨울에 길을 나서는 법이 없는 곳이 강릉이다.

어머니께 작별 인사를 드리는데 몹시 미안했다.

겨울 길이니까 남들이 보면 우스울 정도로 털옷을 껴입고 미투리도 여러 켤레 집어넣었다. 길잡이로 함께 가는 운도 아범도 단단히 무장을 하고 나왔다. 뜻을 알고 있었다는 듯이 어느새 설피를 만들어 매달고 있었다. 대관령에는 눈이 많이 내리니까.

"봇짐장수가 가지 않았을 수도 있습니다."

운도 아범이 성을 빠져나가는 길목에서 말했다.

"어째서 그런가?"

"겨울에는 원주를 지나지 않는 봇짐장수들이 상당히 많이 있지 않습니까?"

"그랬으면 좋겠네."

신명화는 이제 막 시작되는 까마득한 산길을 바라보았다. 날도 춥고 해가 짧아서 여름이면 열흘 걸릴 길이 겨울에는 보름도 더 걸린다.

"하지만 우리도 원주에서 발이 묶일 수도 있지. 그렇지 않은가?"

운도 아범이 빙긋이 웃었다. 나이는 신명화보다 다섯 살가량 많지만 경험이 많고 힘이 좋아서 길잡는 데는 그만이었다.

"그렇지는 않을 것입니다. 나으리 정성에 하늘이 감동하지 않겠습니까?"

"이사람…… 싱겁기는……."

신명화는 웃고 말았다.

부지런히 걸어서 해질녘에는 양주 땅을 밟았다. 주막으로 들어서니 날씨 탓으로 손님이 별로 없다.

"한방에 묵으시려고요?"

"그러려고 하네."

주모가 이상하다는 듯이 고개를 갸웃대며 방 하나로 안내했다.
운도 아범은 난처해했다.

"저희들끼리 자는 방이 따로 있습니다."

"무슨 소리인가. 둘이 충분히 잘 만한데."

"나으리께서 사람들 눈에 우습게 보일까봐 그렇습니다."

"나는 관직은 없어도 누구에게 우습게 보일 만한 사람이 아닐세."

신명화는 방으로 들어가서 멀뚱하니 선 운도 아범에게 어서 들어오라고 손짓했다.

"찬바람이 지겹지도 않은가? 어서 들어와서 문 닫게."

운도 아범이 들어서고 나니 주모가 기웃대며 물었다.

"저녁상은요? 어찌할깝쇼?"

"여기서 먹겠네. 국밥 두 그릇 말아서 오시게."

운도 아범이 움찔했다.

"겸상은……."

"타관에서 혼자 밥 먹는 게 좋은가?"

"그것이……."

"문 닫게."

운도 아범이 문을 닫았다.

이틀 사이에 날은 점점 더 차가워졌다. 열심히 걷는데도 땀이 나지 않고 오한이 뼛속으로 스며들었다.

"추우시지요?"

운도 아범은 걱정스러워서 어쩔 줄을 몰랐지만 신명화는 대꾸도 없이 계속 걸었다.

"나으리, 한쪽 발이 이상해지신 것 같습니다."

"이상하다니?"

자기 발을 내려다보았다. 오른발이 심하게 아파서 조금씩 힘이 들어가지 않는 것은 사실이다.

"일없다. 그냥 가도 된다."

"그러다가 심각해지실 수도 있습니다요."

"우리 주제에 말이라도 구해서 타랴?"

운도 아범은 난감한 표정을 지었다. 관리가 아니면 말을 탈 수 없다. 아무리 양반이라도 말을 사용하는 건 무조건 관직에 있어야 하고 허가를 받아야만 한다.

"말은 둘째 치고 가마 한 채 구해서 갈까?"

신명화는 웃으면서 농담을 했다.

"눈이 내리면 그렇게 하자."

얼음 박인 발가락 때문에 다리를 약간 절었다. 날이 그다지 춥지 않고 눈도 내리지 않아서 엿새 만에 원주에 도착했다. 그러나 길이 험해지기 시작해서 속도를 낼 수가 없었다.

20

"발은 괜찮으십니까? 이제부터 길이 험할 터인데……."

"날이 좋으니 괜찮네."

"소인 혼자 갈 수도 있습니다."

"자네와 내가 어찌 같겠는가?"

"얼음 박인 곳이 덧나면 큰일입니다."

"일없네. 조금 아리다가도 밤에 쉬면 조금 낫고, 아침에는 걸을 만하니 이렇게 계속 가면 되지 않겠는가?"

운도 아범은 신명화의 발 상태가 못내 마음에 걸리는 듯했다.

"소인이 먼저 가서 들것이라도 챙겨서 사람들과 오면 어떻겠습니까?"

"그렇게 전부 힘들게 해서야 쓰겠는가? 그냥 갈 만하니 걱정 말게."

"나으리도 참……."

"내가 어때서 그런 눈으로 보시나?"

"소인은 안사람한테 한 번도 나으리처럼 대해보지 못했습니다."

"허허. 내가 어떻던데?"

"그냥 그렇습니다요."

"사람, 싱겁기는……."

"나으리께서는 안방마님을 처음부터 아셨습니까?"

"처음부터라니?"

"그러니까 혼인하시기 전부터 그…… 연모하는 마음이라

도…….”

“어허이, 이 사람아. 얼굴도 보지 못했는데 어찌 연모를 하겠
나?”

“그런데 어찌…….”

“뭐가 어찌인가? 자네는 자네 안사람을 연모해서 꼬드겼던가?”

“어유, 아닙니다요. 소인네를 연결해주신 건 진사 나으리 아닙니
까요?”

“그렇지. 그래서 자네는 지금 자네 안사람을 사랑하지 않는가?”

신명화가 운도 아범을 돌아보며 웃었다.

“그런가?”

“아, 아니지만…… 저희 같은 상것들이야 뭐 깊게 생각이나 하
고 살겠습니까요? 그저 하루하루 생각 없이 살다보니 사랑하는 것
도 같고…… 아닌 것도 같고…….”

“무슨 소리인가?”

힘들게 고개 하나를 넘고 숨을 내쉬면서 다음 고개를 올려다보
았다.

“생각하는 데에 반상(班常)이 따로 있다던가? 같은 세상을 똑같
이 살아가는데 인생살이가 자네나 나나 다를 게 무언가?”

“어이구, 나으리. 그렇게 말씀하시는 어르신은 나으리뿐일 것입
니다요.”

신명화는 고개를 끄덕였다.

"그래, 인생살이야 다를 테지. 하지만 사람 사랑하고 미워하는 마음이야 같을 게 아닌가?"

"그럴까요?"

"그럴까요, 라니?"

돌아보는 신명화의 시선에 운도 아범이 움찔했다. 다리를 놓고 맺어준 것이 신명화였다. 돈도 적잖게 주어서 데려다가 혼인을 시켰는데 허튼소리를 하는 것 같아서 겁을 먹은 것 같았다.

"내 자네에게 섭섭해서 하는 말이 아닐세."

신명화는 고갯길을 힘들게 한 걸음씩 오르며 한숨 쉬듯 말했다.

"누가 중신을 해서 만났던 간에 부부라는 건 하늘이 맺어준 인연일세. 꼭 부부가 아니라고 치세. 그래도 인연이라는 건 귀한 것일세."

돌아보니 운도 아범도 말뜻을 생각하는 눈치다.

"자네와 내가 만난 것도 귀한 인연이고, 내가 내 안사람과 사는 것도 귀한 인연이지. 또한 자네가 자네 아내와 만나 아이들 낳고 사는 것도 귀한 인연이 아니겠나?"

신명화는 문득 걸음을 멈추고 운도 아범을 돌아보았다.

"그러고 보니 자네 안사람은 대를 이을 아들까지 생산하지 않았던가?"

운도 아범은 죄송스러워서 고개를 숙였다. 상전이 대를 이을 후사가 없는데 자기가 먼저 후사를 본 것에 항상 송구스러워했다.

"그러니 더욱 그 공을 생각해서 사랑해주어야 하지 않겠나? 아들 생산해서 잘 키우고 있지 않던가?"

"모두가 나으리 덕분입니다."

"그것이 어찌 내 덕이겠나? 자네가 아내를 잘 두어서지."

"아닙니다요. 나으리께서 워낙 잘해주시니 우리가 편안히 살지요. 입에 발린 말이 아닙니다. 소출이 그다지 넉넉하지 못한데도 저희야 어느 집 식솔들보다 잘 먹고 잘 지내지 않습니까요?"

신명화는 너른 바위에 걸터앉아 미투리를 벗었다. 몇 고개를 넘었나 모르겠지만, 이제 곧 해가 질 터이니 쉬어갈 주막을 찾아야 한다.

"공자를 아는가?"

운도 아범이 곁에 와서 섰다.

"대국의 훌륭하신 스승님이라고는 압니다."

"그분이 말씀하셨지. 불환과이환불균(不患寡而患不均)이라."

"예?"

"아, 미안하네. 모자람이 문제가 아니라 고르지 못함이 문제라는 말일세."

운도 아범은 그래도 역시 이해하지 못한 표정이다. 신명화는 피식 웃어버렸다. 알지만 깨닫지 못한다는 말이 있다. 사대부도 깨닫지 못하고 일생을 사는 세상인데 자네가 안다 한들 무슨 쓸 데가 있겠나.

"실없는 소리일세."

열흘을 꼬박 걸어서 대관령을 마주하게 되었다. 한양과 강릉은
이 거대한 산으로 구분되어 있다. 거대하고 끝없이 이어져 보이는
대관령은 작고 큰 고개가 아흔아홉 굽이다.

산을 넘으면 언제나 다른 세상이 펼쳐진다. 다른 세상은 다름 아
닌 길게 해안선을 끼고 도는 평야다. 남북으로 커다랗게 설악이 드
러누워 있어 기후도 길도 험하지만, 일단 넘어가면 따뜻한 평야로
사람 살기 좋은 곳이다.

"눈만 안 오면 좋겠구나."

"대관령 날씨야 멀쩡하다가도 비가 내리고 바람 한 점 없다가도
눈보라가 길을 없애버리지요."

"오늘은 아니겠지?"

운도 아범을 돌아보며 농을 했다.

"어째서요?"

운도 아범이 눈을 껌뻑였다.

"이 사람아, 자네가 그러지 않았나? 하늘이 내 정성에 감동해서
눈을 내리지 않을 거라고 말일세."

"그것이……."

운도 아범은 고개를 들어 험준한 산봉우리 위로 낮게 드리운 회
색 하늘을 올려다보았다.

"왜? 아닌가? 내 정성이 부족해?"

"그, 그게……."

신명화는 운도 아범의 등을 치며 웃었다.

"이 사람, 자네 탓도 아닌데 왜 말을 못해?"

"눈이 올 것 같습니다요."

정말로 대관령에 들어서자 눈발이 날리기 시작하더니 이내 거세졌다. 대관령은 눈이 한번 거세지기 시작하면 걷잡을 수 없다.

"넘어갈 채비를 단단히 해야겠습니다."

산 입구에 앉아서 잠시 산 넘을 준비를 했다. 운도 아범이 신을 풀고 피가 나는 발에 면포를 감고 다시 그 위에 솜버선을 신긴 후에 설피까지 묶어주었다.

"고개 넘으면 바로 객주가 있지 않은가?"

"그렇기는 하지만……."

설피를 신고 다시 걷기 시작하는데 운도 아범이 걱정스러운 안색으로 말했다.

"넘기 전에 멈추는 것이 좋지 않겠습니까?"

"이른 시간이니 내처 걸으면 가능하지 않겠는가?"

"위험합니다. 나으리도 아시다시피 꼭대기에 이르러야만 쉴 곳이 있습니다."

"내 말이 그 말일세. 자네만 괜찮다면 그냥 가고 싶네."

"소인이야 힘이 남아돌지만…….."

"그럼 그냥 가고 싶네."

"만일 눈이 더 거세지면 낭패를 볼 수도 있습니다요."

"그래도 가보세. 오는 길에 봇짐장수를 만나지 못했지 않은가?
내 안사람은 지금쯤 몸져누웠을지도 모르니 지척에 두고 주저앉
기가 어렵구만."

"눈발이 거세니 소인이 앞장서겠습니다."

운도 아범이 체념하고 성큼성큼 앞서 걸었다.

눈보라가 앞을 분간하기 어려우리만치 몰아쳤다. 얼어붙은 나무
들이 무서운 소리를 냈다. 설피를 신어서 걷는 데는 지장이 없으
나, 몸이 바람에 밀리니 앞으로 나아가기가 힘들었다.

"허허. 이거야 원, 바람이 나보다 힘이 좋네그려."

신명화는 바람에 비칠대면서도 농담을 잃지 않았다. 자기 자신
을 다독이는 면도 있고 운도 아범의 걱정을 덜어주려는 뜻도 있다.

"옥살이로 몸이 약해지셔서 그렇습니다."

운도 아범은 맞는 말만 했다.

"이 사람아, 옥살이 나흘 했네. 그것도 옥살이인가? 누가 들으면
한 삼 년 갇혀 있다 나온 줄 알겠네."

"소인이 듣기로 옥중에서는 하루가 일 년이라고 하던데요?"

"그야 물고를 당하면 그렇지. 한데 나는 멀쩡히 앉아서 도 닦다

나왔네. 그런 말 말게."

"이 세상에 나으리처럼 세상 편하게 생각하시는 분도 없을 것입니다요."

"아니면? 세상 걱정하고 다니면 자네 보기에는 즐겁겠나?"

"그야……."

"세상살이가 만만치는 않지. 그래도 다 살아가는 게 사람일세. 자네나 나나 살아남으니 자손도 보고 좋지 않은가?"

신명화는 숨을 헐떡이면서도 중얼거렸다.

"그저 악착같이 살아가는 게 도(道)일세."

겨우겨우 정상에 올라서 게딱지처럼 산비탈에 찰싹 달라붙어 있는 주막으로 기어들다시피 들어섰다. 비록 나무로 엮은 오두막이지만 규모는 꽤 컸다. 처음에는 작게 지었을 터인데, 이래저래 오가는 사람이 늘면서 이어대고 덧대서 제법 큰 주막이 되었다.

이 주막을 중심으로 대관령을 넘는 온갖 행색들이 섞여 든다. 사냥꾼에 봇짐장수에 과거를 보러 나서는 젊은이들에 절간에 사는 승려들까지 서로 섞여 들어서 고단한 몸을 쉬고 눈보라나 폭우를 피하기도 하는 곳이다.

주막 안에는 아무도 없을 줄 알았는데 의외로 사람이 많았다.

처마 한쪽에는 오라에 묶인 죄수 셋이 웅크리고 있고, 그 주변에 천막을 치고 평상에 앉아 국밥을 먹는 포졸들 십여 명이 있었다.

천막이 바람에 찢어질 듯 펄럭였다. 그래도 낡은 천막 아래에 들어앉은 포졸들은 좀 나은데, 고스란히 눈을 맞고 있는 비쩍 마른 죄수들은 이미 죽어가고 있는 것처럼 보였다.

마루에는 겸포도 둘이 마주 앉아서 술을 마시는 중이었다. 마루 안쪽으로는 무료부장 셋이 국밥에 화주를 마시는 중이었다.

신명화가 들어서자 마루에서 술을 마시던 겸포도 둘이 고개를 숙여 보였다. 신명화도 마주 인사하고 나이 지긋한 남자 주인에게 말했다.

"방 하나가 필요하네."

주인이 난처한 듯 웃었다.

"보다시피 더는 방이 없습지요. 오늘 같은 날씨에 웬 손님들이 몰리는지 방이 없어서들 여기 이렇게 계시는 것이 아니겠습니까요?"

겸포도 하나가 마루의 빈 공간을 가리키며 말했다.

"선비양반, 여기 자리나마 차지하시려거든 지금 올라오시구려."

"그래야겠습니다."

신명화는 설피를 벗으면서 운도 아범을 돌아보았다.

"올라가세. 방이 없다 하니 여기서 밤을 지내야 할 것 같네."

운도 아범이 망설였다. 겸포도 하나가 흘끗 운도 아범을 보며 물었다.

"종놈 아니오?"

"아니요. 봇짐장수인데 특별히 내 길잡이로 청해서 데리고 온 것이오."

신명화는 태연히 말하고 운도 아범을 쳐다보았다. 운도 아범은 어쩔 수 없이 마루로 올라앉았다. 주인 나으리를 거짓말쟁이로 만들 수는 없지 않은가.

"주인장, 여기 국밥 두 그릇 주시고 저기 저 죄인들한테도 세 그릇 주시구려. 밥값은 내가 내리다."

모두의 시선이 신명화에게 쏠렸다.

"죄인들에게 무슨……."

겸포도 하나가 안색을 흐리면서 신명화를 쳐다보았다. 신명화는 태연히 웃으며 좌중이 모두 들으라는 듯이 말했다.

"죄인들을 어렵게 잡은 듯한데, 만일 죄인들이 죽으면 목을 잘라 가도 사실상 확인이 불가능하오. 내 동문수학하던 친구가 병부에 있어서 잘 아는 일이요만……."

"그래서 살려서 데려가라고 저 흉악한 산적 놈들한테 국밥을 먹인다는 말이오?"

"흉악하든 안 하든 무료부장들께서는 녹봉이 없으니 현상금을 받아야 할 터인데, 목만 들고 가서 이놈이 저놈인지 그놈인지 확실하게 장계할 수 있소?"

신명화의 말에 무료부장들이 모호한 표정으로 서로의 얼굴을 마주보았다.

"내, 추위에 고생하신 부장네들 보고 안타까워서 쓰는 인심이니 죄수들을 먹여서 산 채로 잡아가시오. 예전에 사냥꾼들이 애먼 사람을 산적이라고 잡아다가 현상금을 타먹자고 들었던 일도 있지 않소? 그 이후로 여간 까다로워진 게 아니올시다."

무료부장이나 겸포도들이 고개를 끄덕였다. 신명화는 병부 관리들의 마음이 변할까 싶어서 주인을 재촉했다.

"주인장, 지치고 허기가 져서 죽을 지경이니 어서 좀 서둘러주시구려."

신명화는 죄수들까지 저녁을 먹게 하고 마루 한쪽에서 운도 아범과 나란히 잠을 잤다. 찬바람이 뼛속까지 스며들어서 개운히 잘 수가 없었다. 그래도 솜이불이라고 주니 견딜 만은 했다.

아침에 되자 눈이 그치고 햇살이 밝아서 길을 가기에 좋았다. 마당으로 내려서니 죄인들이 그나마 가마니를 깔고 덮고 있었다.

신명화는 죄인들을 지나쳐가며 한숨처럼 말했다.

"자네들 보기 면목이 없네."

죄인들은 눈이 동그래져서 쳐다보고, 운도 아범은 신명화와 죄인들을 번갈아 보았다.

눈은 그쳤지만 눈이 많이 쌓여 길은 여간 험한 게 아니었다. 설피를 신었어도 여차하면 미끄러져서 눈밭에 처박히기 일쑤였다.

마지막 고개를 넘는데 운도 아범이 물었다.

"나으리, 주막에서 본 그 죄인들과 아시는 사이입니까?"

"예끼, 이 사람아. 내가 산적들하고 내통하고 지낼 사람인가?"

"아, 그게 아니옵고 요즘은 알고 지내던 마을 사람들도 산적이 되어서 떠도니 드리는 말씀입니다."

신명화가 운도 아범을 돌아보았다.

"그러니 몰라도 미안한 것일세."

"예?"

"행색들을 보면 모르겠는가? 비쩍 말라서 힘도 제대로 쓰지 못하는 위인들이 산적질이라니."

"그러게 말입니다요. 소인도 그렇게 느끼기는 했습지요."

"누군가가 굶주림을 참지 못하고 산에 들어가서 산적이 되는 건 호의호식하는 우리들 탓이 아니겠는가?"

아. 운도 아범은 고개를 숙였다. 이런 분이 나랏일을 해야 하는데, 어찌 이런 분은 진사로 머물고 엉뚱한 사람들이 높은 관직에 있을까.

"어헛, 좋구나."

신명화가 산 아래 풍치를 보며 허리를 폈다. 운도 아범도 곁에 가서 섰다. 눈 아래로 강릉의 풍경이 펼쳐져 있었다.

"이보시게."

32

"예, 나으리."

"자네는 누군가를 끝없이 끝없이 그리워해본 적이 있던가?"

"소인은……."

"멋지구먼."

산세가 길게 뻗어 내려간 끝에서부터 넓은 평야가 바다 끝까지 아스라이 닿아 있었다. 그 위로 쌓인 하얀 눈이 햇살을 받아 반짝였다.

끝없이 끝없이 반짝였다.

2. 이사온 李思溫

스승이 말했다.

"식량을 풍족하게 하고 국방을 튼튼히 하고 백성들이 군주를 믿게 해야 한다."

제자가 물었다.

"부득불 그중 하나를 버려야 한다면 무엇을 먼저 버려야 합니까?"

스승이 말했다.

"국방을 버려야 한다."

제자가 다시 물었다.

"피치 못하면 그다음으로 무엇을 버려야 합니까?"

스승이 말했다.

"식량을 버려야 한다. 사람은 누구나 결국 죽게 마련이지만 백성들이 지도자를 믿지 않으면 그 나라는 단 한순간도 존립할 수 없다."

북평(北坪)의 바람은 언제나 경포호수에서 불어온다. 더 넓은 바다가 있어도 바람은 경포호수에서 불어온다. 그래서 바다를 바라보고 서면 등으로 바람을 맞는다.

이사온은 가슴으로 바람을 받았다.

바람을 등지는 게 싫었다. 가슴으로 받아서 바람의 차갑고 매서운 기운을 맛보고 즐겼다. 겨울이면 더욱 기승을 부리는 찬바람을 즐기다 보면 가슴속이 뻥 뚫리는 기분이다.

눈이라도 펑펑 내렸으면 좋겠구나.

겨울에 눈이 너무 적게 내리면 보리농사를 망친다. 올해 겨울은 눈이 내리지 않았다. 기다리면 내리지 않는 것이 눈이다. 봄에 비를 기다리면 비가 내리지 않는 것과 같다. 봄에 가뭄이 들면 모두가 고생이다.

하늘은 원래 그렇다.

"추우냐?"

외손녀 인선을 돌아보았다. 인선은 볼이 빨갛게 되어서도 바다에서 눈을 떼지 못하고 서 있었다. 뒤에 선 하녀 언연이는 손을 비비며 안절부절못했다.

"그만 돌아가랴?"

"네, 나으리."

언연이가 먼저 대답했다. 인선은 그저 바다를 바라보던 시선을 이사온에게 옮겼다.

"언연이가 몹시 추운 듯해요."

이사온은 하녀를 돌아보았다.

"그래. 멀리 나올 줄 알았으면 솜옷이라도 미리 챙겨 입지 그랬느냐? 솜옷을 식구대로 다 하나씩 나눠주지 않았더냐?"

"이렇게 추울 줄은 몰랐습니다, 나으리."

"가자꾸나."

이사온은 발길을 돌렸다. 바다라도 보니 속이 조금 나은 듯하다. 가슴이 터질 것만 같아서 나서는 길에 길동무를 하려고 인선을 데리고 나왔다. 위로 큰애들이 있지만 이사온은 언제나 인선을 데리고 다녔다. 말동무가 되어서였다.

"네 어머니에게는 소식을 전하지 않기로 하자."

인선은 말없이 고개를 숙였다. 아침나절에 봇짐장수가 와서 소식을 전했다. 정암 선생과 동료 유생들이 모두 하옥되었는데, 그 가운데 사위 신명화도 끼어 있다는 전갈이었다.

변고가 일어나자마자 사돈이 곧바로 봇짐장수에게 그 일을 알리는 서찰을 쥐어주어 전부를 알지는 못하고 대강의 돌아가는 형편만 어림잡아 알 뿐이다.

어쨌든 중요한 것은 사위가 옥에 갇혔다는 사실이다. 만일 어떤 일에 연루가 되었다면 몸 성히 옥을 나서지 못할 수도 있다. 고신을 당한다면 자칫 목숨을 잃을 수도 있다.

이상한 일이다. 사위는 관직에 있지도 않았고, 그저 정암 선생의 제자들과 어울렸을 뿐이다. 사위 성격에 불미한 일에 연루될 리가 없다.

공부를 좋아해서 유생들과 어울리고 토론을 즐기기는 했지만, 출세욕도 없을뿐더러 올바르지 않은 일을 도모할 인물이 아니다. 정암 선생이 불미한 일을 도모할 리는 더더욱 없다.

그럼 대체 무슨 일이라는 말이냐?

"사정이 더 나빠지면 그때 전하기로 하자. 대신 이 할애비가 믿을 만한 사람을 보내서 자세히 알아보마."

"예."

인선은 원래 말수가 적다. 그래서 쉽게 속을 알 수 없다. 자기주장을 하거나 질문이 많아질 때는 공부를 할 때뿐이다. 그 외에는 감정 표현을 잘 하는 편이 아니었다.

"네 아버지는 허투루 일을 하는 사람이 아니다. 너도 알지?"

"예, 전 아버님을 믿어요."

"이 할애비도 믿는다."

그러나 세상은 믿을 만하지가 않다. 젊은 날 풍운의 꿈을 안고 한양으로 올라가서 미관말직에 들어서려던 바로 그 시절, 그때 알았다. 세상은 믿음직하지 못하다는 것을.

임금의 아버지가 임금의 어머니를 궐 밖으로 내쫓아버릴 때부터 이미 난리의 불씨가 땅속에 묻혀 있는 것이었다고도 할 수 있겠지만, 결국 난리가 터진 것은 어느 한 사람의 야욕에서 비롯되었다고 할 수 있다.

젊은 이사온은 한양에서 사림들과 어울리면서 세상에 자기 뜻을 펼칠 날이 오리라 믿고 노력했다. 그래서 항상 사림들이 모이는 자리에 빠지지 않고 머물고는 했다. 그들에게 배울 것도 많았고 토론이 즐거웠다.

사림들은 임금에게 쓴소리하기를 피하지 않았다. 그 기개가 매우 좋았다. 임금이 형편없이 놀고 있다는 건 젊은 그의 눈에도 사실로 비쳐졌다. 그저 떠도는 헛소문은 아닌 것이 확실했다.

그래도 관직에 있지 않으니 상관하지 않고 사림들과 어울려서 시를 읊고 공부 이야기로 즐겁게 지냈다. 그러던 어느 날, 초복을 막 지난 무더운 날이었다.

이사온은 친구 정엽(鄭燁)의 사랑채에서 아침 일찍 일어나 정엽이 슬쩍 넘겨준 금서를 읽고 있었다. 대국에서도 조선에서도 절대로 읽어서는 안 되는 《묵자(墨子)》였다.

금서답게 표지에는 그냥 '서책'이라고만 쓰여 있었다. 내용은 사서오경을 파고든 성리학자라면 깜짝 놀랄 만하다.

한마디로 요약하면 '아무리 좋은 이론이라도 백성들에게 이익이 되지 않으면 모여서 떠드는 잡담에 불과하다'는 말이다. 틀린 말이 아니다. 다만 묵자 자체가 근본이 없는 자인 데다가 대국에서부터 배척을 받아서 아무도 공개적으로 안다고 하지 않는다.

정엽은 그런 면에서 볼 때 호기심이 왕성하고 배짱도 두둑했다. 이사온과 친해지고 단짝이 되어서 다니기 시작하자, 은근히 자신이 아는 새로운 이론들을 펼쳐 보이고는 했다. 그때마다 이사온이 관심을 보이자 결국 어젯밤에는 《묵자》까지 건네주었다.

"공맹지도를 배우는 우리가 이런 것을 읽어도 되겠는가?"

"이보시게, 사온. 숲을 알려면 숲속에 무엇이 있는가를 살펴보아야 하지 않겠는가? 성리학이라는 것이 우리가 사는 이 세상의 이치를 깨닫는 것이 아니던가? 성리학이 숲이라면 《묵자》는 숲속에 있는 이름 모를 나무 한 그루라고 치세. 그 나무가 숲속에 존재하는데 그 나무에 대해서 알고자 하는 게 이상한가?"

"이상하지는 않지만……, 만일 자네가 금서를 읽는다는 걸 알게 되면 자네는 사림에서 영원히 배척될 걸세."

"알고 있네. 그러니까 내 자네에게만 보여주는 걸세. 자네는 그래도 꽉 막힌 사람이 아니잖은가?"

아마도 평소에 이사온이 선생님들의 이론에 토를 달고 나서거나 반론을 펼치는 것을 두고 내심 자기와 뜻이 같다고 생각한 모양이다.

틀린 생각도 아니다. 이사온은 공부를 하면 할수록 풀리지 않는 마음속의 갈등에 많이 힘들었다.

'이 세상의 만물은 자기다운 성질을 가져야 한다.'

그러니까 자기 신분에 맞게 도리를 다하고 산다. 결국 백정은 백정으로, 서얼은 서얼답게 살아야 한다. 그렇게 단순한 이론은 아닌 줄 안다. 성인들의 말씀이 그렇게 마구잡이는 아닌 줄 안다.

하지만 무언가 막힌 속을 뚫을 길이 없었다.

"너무 빠지지 마시게."

정엽은 오히려 걱정해주고 안채로 돌아갔다. 밤이 늦어서 그만 잠자리에 들고 아침에 일찍 일어나 맑은 정신으로《묵자》를 읽기 시작했다.

사실 금서라면 석씨(石氏, 석가모니)의 책도 읽었다. 오묘하고 어려웠지만 나쁘지는 않았다. 다만 성리학에 비해서 너무 현실과 괴리되어 있는 것이 마음에 들지 않았다.

산속에 숨어들어서 자기만 편하자는 것인가.

그에 비하면《묵자》는 금서들 중에 꽤 괜찮은 책이었다. 여기저기 유실된 부분이 많았지만 내용은 대충 한결같았다.

읽다가 졸다가 가물가물하다가 잠이 들었다.

그런데 잠도 덜 깬 아침, 얼굴이 하얗게 질린 정엽이 느닷없이 사랑채로 들이닥쳤다.

밤사이에 무슨 일이 있었는지 아직 세안도 하지 못한 초췌한 얼굴이었다.

"이보게, 사온. 어서 사랑채에서 나가주시게."

"무, 무슨 일이기에 그러시나?"

"나와 함께 있다가는 자네한테까지 화가 미칠까 두렵네. 어서 행장을 꾸려서 나가시게."

"이보게, 아닌 밤에 홍두깨라더니. 나한테 대체 무슨 화가 미친다는 말인가? 대체 그게 무슨 말인가?"

"긴말 할 시간이 없네, 어서 행장부터 꾸리게."

정엽이 직접 나서서 행장을 꾸려주는 통에 이사온도 그냥 따라서 짐을 꾸렸다. 사실 행장이랄 것도 없다. 책 몇 권과 옷가지가 다였다.

"어서 가시게. 그리고 도성을 빠져나가게. 나중에 다 알게 될 것이니 지금은 그냥 가면 되네."

이사온은 영문도 모른 채 정엽에게 등을 떠밀려서 사랑채를 나섰다. 그리고 아무것도 모른 채 저잣거리로 나갔다. 저잣거리는 아침 일찍부터 수런대는 사람들로 분위기가 뒤숭숭했다.

무슨 변고인가?

정엽은 기서(奇書)나 금서를 읽고 성리학자로 걸맞지 않은 면모를 지니기는 했지만, 절대로 허튼 짓을 하는 친구는 아니다. 정엽이 그렇게 나올 때는 필시 이유가 있다.

그 이유는 금방 알게 되었다.

임금은 유자광(柳子光)을 중심으로 한 훈구파의 모략에 빠져서 이미 세상을 떠난 김종직(金宗直)의 시신을 부관참시하고 영남의 사림인 김굉필(金宏弼)과 정여창(鄭汝昌) 등을 대거 잡아들였다.

그 가운데 김굉필의 제자가 정엽이었으니, 정엽도 무사하지는 못하게 되었다. 이사온은 관직에 있지 않았으므로 무사할 수 있다. 친구는 위험하니 피하라 했지만, 친구가 염려되어 한양을 떠나지 않았다.

그런데 며칠 지나지 않아서 잡혀간 대다수가 저잣거리에서 능지처참을 당했다. 이사온은 난생 처음으로 사람의 사지가 찢겨져 죽는 것을 두 눈으로 보게 되었다.

'무서운 것이 사람이구나.'

그렇게 느껴지지 않았다.

'무서운 것이 글(文)이로구나.'

그렇게 느껴졌다.

실제로 그렇게 돌아갔다. 임금이 일거에 관직에 있던 모든 사림들을 제거한 이유는 유자광이 가져다 바친 사초(史草)의 글귀 하나 때문이었다.

정축년 10월 밀양에서 경산으로 가다가 답계역에서 잠을 잤다. 꿈속에 신선이 나타나서 "나는 초나라 회왕 손심인데 서초패왕에게 살해되어 빈강에 버려졌다"고 말하고 사라졌다. 잠에서 깨어나 생각해보니 회왕은 중국 초나라 사람이고, 나는 동이(東夷) 사람으로 거리가 만 리나 떨어져 있는데 꿈에 나타난 징조는 무엇일까? 역사를 살펴보면 시신을 강물에 버렸다는 기록이 없으니 아마 항우가 사람을 시켜서 회왕을 죽이고 시체를 강물에 버린 것인지 알 수 없는 일이다. 이제야 글을 지어 의제를 조문한다.

조의제문(弔義帝文)이라고 하는 글로, 김종직이 썼고 그의 제자 김일손(金馹孫)이 사초에 적어 넣었다. 그 사실을 유자광이 임금에게 일러바쳐서 사단이 난 것이다.

다행히 정엽은 곤장 백 대에 멀리 강원도로 귀양을 가서 봉수대에서 일하도록 되었다.

엉덩뼈가 어긋났다고 하니, 약재를 지어서 정엽의 집에 들렀지만 정엽이 만나주지 않았다. 어명이니 곧 귀양길을 떠나야 한다는데, 과연 그 먼 길을 갈 수 있을까.

친구에게 서신을 썼다.

자네가 가니 나도 가네. 자네 가는 길이 강원도라고 하니, 나란히 낙향하는 셈이 되었네그려. 강릉에서 만나세.

이사온은 그렇게 먼저 내려가서 정엽을 기다렸다. 정엽은 두 달
이 지나고 거의 반은 죽어가는 너덜너덜한 모습으로 내려왔다.
그 후로 이사온은 한양 방면으로는 고개도 돌리지 않았다. 그리
고 정엽이 건네주었던 《묵자》를 친구에게 돌려주러 가서 만난 후
로 강릉에서 한 발짝도 움직이지 않고 지냈다.

"한양은 무서운 곳이다."
이사온의 말에 인선이 반응하지 않았다.
"할애비 말이 이상하냐?"
"한양이 무서운 것이 아니라 사람이 무서운 것은 아닌지요?"
"어허, 그래. 네 말이 맞다."
이사온은 인선을 돌아보며 빙긋이 웃어주었다. 아비가 옥에 갇
혔다는데도 울고불고하지 않는 인선이 차갑게도 느껴졌다. 그러
나 의연함도 마음에 들었다.
인선은 앞만 바라보며 입을 꼭 다문 채 조용히 걸었다.
"사람 중에서도 글줄이나 읽는 사람은 더 무섭지."
이사온은 슬쩍 인선을 흘겨보았다. 인선이 입술을 움찔거릴 뿐
대꾸하지 않았다.
"그래서 글보다 먼저 사람이 되어야 하는 거란다."

"글이 사람을 만들지 않습니까?"

인선이 바라던 대로 되물었다.

"글이 사람을 잡기도 한단다."

"그것은 글의 탓이 아니라 글을 읽는 사람이 글에서 배운 바가 없어서 아닐까요?"

어허허. 이사온은 너털웃음을 터뜨렸다.

"같은 책인데 읽는 사람에 따라 다르다?"

"옛말에, 같은 물이라도 뱀이 마시면 독이 되고 염소가 마시면 젖이 된다고 했지요."

"그런 말이 있었나?"

인선이 웃지도 않고 돌아보았다. 눈빛이 평소 같지 않고 깊다.

"걱정하고 있구나?"

어린것이 속을 보이지 않으려고 버티기는 하지만, 제 아비가 옥에 갇혔다는데 어린 속이 멀쩡할 리가 없다.

"전 괜찮아요."

인선은 다시 고개를 돌려 걸으면서 말했다.

"아버지는 죄가 없으실 테니까요."

3. 반상班常

방원은 어전회의를 소집했다.

"백성들이 왜구들에게 붙들려 유구로 잡혀갔다 하니 구하러 보내야 하지 않느냐?"

대신들은 하나같이 고개를 가로저었다.

"대부분 천민들입니다."

"유구는 멀고도 멉니다."

"몸값이 적지 않을 것입니다."

방원의 목소리에 노기가 서렸다.

"천하다 하나, 내 백성들이니라."

경포대에서 논밭 사이로 난 둑길을 걸으면 삼십여 채가 모여 사는 북평마을이 나타난다. 그리고 그 가운데 제법 큰 기와집이 있으니 그게 바로 인선의 집이다. 아니, 더 정확하게 말하자면 외할아버지께서 장인에게 물려받은 집이다.

마당은 넓고 컸지만 담장도 낮고 기와도 처마도 소박하다. 굴뚝을 담장 안으로 맞춰서 낮게 내어 혹시라도 불을 때거나 밥을 짓거나 할 때에 밖으로 연기가 나가는 것을 막도록 지은, 크지만 소박한 집이다.

마을로 들어서는데 왁자지껄한 소리가 들려왔다. 고개를 들어서 보니 온 마을 사람들이 유 진사 집에 몰려 있다.

"유 진사댁에 잔치가 있더냐?"

"아니에요. 잔치가 있으면 제가 벌써 알았게요?"

언연이가 말하면서 목을 길게 뽑았다.

그때 유 진사댁 하인 강수가 헐레벌떡 달려왔다.

"어르신! 어르신! 난리가 났습니다."

"무슨 일인가?"

"웃동마을 길주가 느닷없이 낫을 들고 와서 진사 나으리를 잡고 행패를 부리고 있습니다요."

"행패라니? 길주가 그럴 사람인가?"

"그렇다니까요. 지금 마을 사람들이 모두 몰려들어서 보고는 있는데 어찌할 도리가 없어요. 그래서 급하게 어르신을 찾으러 가던 참이었습니다."

인선이 이사온을 돌아보았다.

"길주 아저씨는 그럴 분이 아니에요."

이사온은 부지런히 걸어가며 말했다.

"뭔가 이유가 있겠지. 천천히 따라오너라."

집 앞으로 가자, 동네 사람들이 있다가 일제히 인사를 하면서 자리를 비켰다. 대문은 활짝 열려 있었고 마당에는 유 진사댁 하인들이 몽둥이를 들고 이리저리 왔다 갔다 했다.

그 안쪽으로는 대청마루 앞에 유 진사의 목을 팔뚝으로 휘감고 낫으로 위협하는 길주의 모습이 보였다. 길주는 원래 종이었다가 평민이 되어서 황씨라는 성까지 생긴 소작인이다.

길주는 하인들이 다가오지 못하도록 낫을 흔들면서 위협했다.

"오지 마! 확 죽여버릴라니까!"

낫은 미리 갈아서 온 듯 시퍼런 날을 번쩍였고, 낫보다 더 번들거리고 무섭게 빛나는 것이 길주의 눈이었다.

"이보게, 길주."

이사온은 대문 안으로 성큼 들어서며 큰 소리로 길주를 불렀다.

길주가 이사온을 발견하고 멈칫했다. 이사온은 성큼성큼 길주를 향해 마당을 가로질러갔다.

"무슨 일이기에 이 난리인가? 마을에 왜구라도 쳐들어온 줄 알았네."

"가, 가까이 오지 마!"

길주가 낫을 유 진사의 목에 바짝 들이댔다. 유 진사가 어구구 몸을 떨었다.

"그럼세."

이사온은 더 다가들지 않고 그 자리에 멈춰 섰다.

"그런데 자네……, 나한테 어찌 말투가 그런가? 내 어쩌다 보니 주책없이 늙어서 먼저 떠난 자네 선친과 동년배일세."

길주는 핏발 선 눈으로 이사온을 노려보았지만 아무런 대꾸도 하지 못했다.

"대체 무슨 일이기에 그렇게 이성을 잃었는가?"

길주는 이사온의 물음에 대꾸 대신 낫을 번쩍 치켜들었다.

"비켜! 확 찍어버릴라니까."

이사온은 한 걸음 더 다가섰다.

"그러시게. 내 못나게 살아서 동네 친구 아들에게 맞아 죽어야 한다면 그래도 마땅하지."

"진사님까지 저한테 왜 이러세요? 비켜요, 제발!"

길주는 낫 든 손을 부르르 떨었다. 차마 어쩌지는 못하고 자꾸만 낫을 고쳐 잡았다. 붉게 핏발 선 눈에 눈물이 고였다.

"너야말로 내게 왜 이러느냐? 무슨 일이든 와서 상의하던 네가 어째서 오늘은 내가 생판 모르는 모습을 보이는 것이냐?"

"진사님이 해결할 수도 없는 일이니까요."

"무슨 일인데 해결하지 못한다는 말이냐? 해결하려고 해보았더 냐? 그런데 나는 어째서 모르느냐?"

이사온은 길주가 들고 있는 낫을 향해 손을 뻗었다.

"낫은 주고 말하거라."

순간, 길주가 낫을 빼앗기지 않으려고 홱 몸을 트는 바람에 유 진사와 길주와 이사온이 균형을 잃고 동시에 얼싸안고 넘어가버 렸다.

유 진사는 그 사이에 엉금엉금 기어서 빠져나가고 이사온은 얼 결에 팔을 움켜잡았다. 피가 확 뿜어져 나오더니 흙바닥에 방울방 울 떨어져 내렸다.

길주가 놀라서 낫을 놓치면서 뒤로 벌렁 넘어갔다.

"진사 어르신!"

그 와중에 유 진사네 하인들이 몽둥이를 들고 와르르 길주에게 달려들었다. 그리고 길주를 향해 냅다 몽둥이를 휘둘렀다.

"그만들 두시게!"

이사온이 노여워서 소리쳤다. 유 진사네 하인들이 이사온의 기세에 놀라서 동작을 멈추었다. 여간해서는 소리를 지르지 않는 이사온이었기에 놀랄 만도 했다. 게다가 이사온의 팔에서는 여전히 붉은 선혈이 뚝뚝 떨어지고 있었다.

"물러들 서거라."

이사온은 피가 나는데도 개의치 않고 몸을 일으켜 의관을 정제했다. 그 사이 인선이 달려와서 자기 치맛단을 찢어 이사온의 팔을 묶었다.

얼결에 본 인선의 표정은 침착했다.

'이 와중에도 침착하구나. 이 아이는 도대체 어떤 일이 생기면 놀라려나.'

이사온은 언제나 외손녀가 신기했다. 말없이 낮에 베인 팔을 묶는 인선에게 팔을 맡긴 채 몽둥이에 얻어맞아서 벌써 얼굴이 퉁퉁 부은 길주에게 말했다.

"자네, 이리 오시게."

길주가 엉금엉금 기어서 이사온에게 왔다.

"서서 다니시게. 무슨 꼴인가?"

길주가 엉거주춤 일어나면서 유 진사와 유 진사네 하인들을 돌아보았다. 유 진사는 하녀가 가져다준 냉수를 벌컥벌컥 마시면서 곁눈질로 이사온과 길주를 흘겨보았다. 놀라서인지 말은 하지 않았다.

"죄송합니다."

길주가 고개를 떨구었다. 두려워서인지 눈에 띄게 벌벌 떨고 있었다.

"가만히 있다가 나를 따라오시게."

이사온은 나직이 이르고는 유 진사에게 말했다.

"내 잠시 데려가서 진정케 할 터이니 그 후에 이야기함세."

유 진사는 못마땅한 표정이었지만, 눈치를 보며 아무 말도 하지 못했다.

"가세."

이사온은 앞장서서 대문으로 향했다. 동네 사람들은 이사온과 길주를 보면서 길을 열었다. 다만 유 진사네 하인들만이 무언가 못마땅해서 몽둥이를 든 채로 유 진사와 이사온을 번갈아 보았다. 유 진사가 고개를 돌려 외면하며 손을 내저었다. 그만두라는 뜻이다.

이사온은 길주를 데리고 집으로 향했다.

집에 온 이사온은 길주를 데리고 별당으로 들어갔다. 인선은 어머니께 달려가서 자초지종을 말씀드리고 약과 면포를 챙겼다. 그리고 다시 별당으로 가서 문을 열고 들어섰다.

길주가 무릎을 꿇고 앉아서 엉엉 울고 있었다. 그리고 그 앞에서 이사온은 굳은 얼굴로 창밖을 바라보고 있었다.

인선은 말없이 이사온에게 가서 임시로 묶었던 천을 풀어내고

약을 발랐다. 깊게 베이지는 않았지만 농이 나면 큰일이라 소독을
잘 해야만 했다.

"유 진사가 가만히 있지 않을 것일세."

길주는 대답하지 않았다. 그저 울 뿐이었다.

인선은 이미 내막을 죄다 알았다. 모여 선 동네 아주머니들이 떠
들어대는 소리를 듣자니, 길주의 아들이 유 진사의 손주를 밀어서
흙탕물에 빠뜨렸고 유 진사네 하인들이 몰려가서 길주의 아들을
두들겨 팼는데, 허리가 부러져서 아예 불구가 된 모양이다.

"일단 여기서 움직이지 말고 있어야 하네. 내가 유 진사를 만나
보겠네."

"면목 없습니다요. 진사 어르신 팔까지……."

길주가 인선이 약을 바르고 다시 면포를 감는 모습을 쳐다보면
서 미안해했다.

"허튼 생각 말고 여기 조용히 있으시게."

이사온은 별당을 나섰다. 인선이 뒤에서 말했다.

"길주 아저씨 치료도 해야 하는데요?"

할아버지가 나가버리면 길주와 자기밖에 남지 않으니 어떻게
하냐는 뜻이다.

"너는 나오너라. 오 서방을 시킬 터이니."

인선이 얼른 약상자는 두고 별당을 나왔다.

이사온은 밤이 깊어서야 돌아왔다.

대청과 마당을 서성이던 딸이며 손녀들이며 하인들까지 모두가 궁금한 얼굴로 몰려들었다.

"별일 있느냐?"

이사온은 딸을 쳐다보았다.

"아닙니다. 길주는 헛간에서 잠시 자게 했습니다."

"잠시 들어오너라."

별당으로 먼저 들어갔다.

딸이 들어와서 앞에 앉자 잠시 뜸을 들이다 말했다.

"내일 아침에 나졸들이 길주를 잡으러 올 게야"

"역시 조용히 해결할 수 없었습니까?"

"강상의 질서를 어지럽혔으니 쉬쉬해서 넘어갈 일은 아니고, 다행히 유 진사가 자기도 지나친 바가 있으니 내 팔을 다친 이야기는 말고 그저 행패를 조금 부리다가 내가 말린 것으로 끝내기로 했다."

"고생하셨습니다. 식사는……."

"시장하구나."

"여기로 금방 차려 오겠습니다."

딸이 일어나서 나가는데, 잡고 말을 하려다가 그만두었다. 아직 모르는구나. 인선이 말하지 않은 것 같아서 고마웠다. 아이가 속이 깊다.

인선이 직접 밥상을 들고 왔다.

"왜 네가 가져오느냐?"

"제가 가지고 오고 싶어서요."

인선이 밥상머리에 앉았다. 수저를 들면서 슬쩍 살피니 상당히 궁금한 눈치다.

"큰 벌을 받지는 않을 것이야."

"그게 아니라 영현이는요?"

영현이는 길주의 아들이다. 서로 반상의 차이가 나지만, 인선이 동네 아이들에게 군것질거리를 잘 나누어주는 편이어서 서로 가깝다.

"부러진 허리를 어쩌겠느냐? 팔이나 다리처럼 다시 쓰게 되지 않는 것이 허리니라."

"그럼 평생 누워서 지내야 하는 건가요?"

"그럴 것이다."

"그럼 보상을 받을 수는 없습니까?"

"없다."

인선이 고개를 숙이고 입술을 깨물었다. 무언가 못마땅할 때에 나오는 표정이다.

"어쩔 수 없느니라. 양반네 자손에게 달려들었으니 뒷감당을 할 수 없는 것이야."

"겨우 옷을 버렸습니다. 몸은 무릎 조금 긁혔다고 들었습니다."

"그게 무슨 상관이겠느냐?"

이사온은 인선을 똑바로 바라보았다.

"엄연한 반상의 법도가 있지 않느냐?"

"반상이라는 것……."

인선은 말하다 말고 입술을 꾹 다물었다. 이사온은 말없이 식사를 계속하고 인선은 더 이상 말이 없었다.

이사온은 모래알처럼 입안에서 굴러다니는 밥알을 꼭꼭 씹었다. 글 한 줄로도 귀양을 가고 목숨을 잃는데 곤장 몇 대 맞는 것이 무슨 대수랴. 사위는 잘 버티고 있을까. 고신을 면해야 할 터인데.

그릇 속의 밥이 도통 줄어들지를 않았다.

4. 북평北坪 사람들

인선이 물었다.

"어찌하여 운명을 믿으십니까?"

아버지께서 말씀하셨다.

"애써도 벗어나지 못함이다."

인선이 다시 물었다.

"반(反)하면 어찌 됩니까?

아버지께서 또 말씀하셨다.

"봄에는 아사하고 여름에는 익사하고 가을에는 병사하고 겨울에는 동사하는 게 사람이다. 간혹 봄에 앓다가 죽는다고 해서 번(飜)한 게 아니다."

바람은 차가워도 하늘의 별은 고왔다. 경포호수 위로 달그림자
가 같이 얼어붙어 있었다. 가끔씩 나무들이 바람에 웅웅 울어댔지
만 고요하게 느껴졌다. 북평마을에서는 겨울 내내 바람소리를 안
고 지내니 그 소리가 익숙하다. 오히려 바람에 나무 우는 소리가
들려오지 않으면 이상할 것이다.

"조용히 들어감세."

"이미 다들 알고 있지 않을까요?"

"알았으면 조용할 리가 있겠는가?"

"아, 예."

"사랑채에서 푹 좀 쉬시게. 내 고집으로 내처 걸었으니 피곤할
게야."

운도 아범은 허리를 굽혔다. 상전으로 치자면 신명화 같은 상전
이 있겠는가. 항상 자기 타고난 복이라 여기고 지내왔다.

"진사님께서 고생하셨지요. 발도 그렇고……."

"들어감세."

신명화는 대문을 밀고 들어섰다. 집 안은 어두웠고 별당에서만
불빛이 희미하게 새어나오고 있었다. 운도 아범에게 사랑채로 가

라고 손짓하고 별당 앞에 가서 섰다. 댓돌의 신을 보니 장인어른이시다.

"장인어른, 사위 명화입니다."

문이 벌컥 열렸다. 그리고 놀란 얼굴의 장인이 눈을 굴려 신명화의 위아래를 훑었다.

"어째 그리 놀라십니까? 제가 너무 갑작스레……."

"들어오게."

별당에 들어가서 절을 올렸다.

"발은……."

때에 전 버선발에 피가 배어나와 있었다.

"별것 아닙니다. 얼음이 박혔다가 풀려서 그렇습니다."

"고신이라도 당한 줄 알았네."

장인어른의 말씀에 퍼뜩 놀랐다.

"기별을 받으셨습니까?"

"나와 인선이만 아는 사실일세. 낮에 봇짐장수가 알려주었네만……. 자네 안사람에게는 말해주지 않았네."

"참으로 현명하셨습니다."

장인과 사위 사이지만 누구보다도 서로를 잘 알고 서로를 아꼈다. 성품도 비슷하고 일을 처리하는 속내도 각자 떨어져서 처리함이 서로 다르지 않았다.

"많이들 다쳤던가?"

"그랬습니다. 그나마 저는……."

말을 잇지 못했다. 많은 친구들이 난리를 맞았는데, 송구스럽게도 혼자 멀쩡하게 풀려났으니 다행이지만, 다행이라 말하지 못할 일이다.

"정암 선생께서는?"

"귀양을 가실 듯합니다."

더는 할 말이 없었다. 가슴이 미어져서 입을 열면 말보다 울음이 나올 것만 같다. 잠시 어색한 침묵이 흐르다가 장인어른께서 먼저 일어섰다.

"발을 치료해야겠네."

"식구들 깨우지 마십시오. 제가 그냥 안채로 가서 치료할 것입니다."

"이제는 다들 알아도 좋지 않은가?"

그때 밖에서 인기척이 났다.

"할아버님, 약 가져왔습니다."

인선의 목소리였다. 문을 여니 인선이 소반에 술과 안주를 올려서 들고 겨드랑이에는 면포까지 끼고 서 있다.

"들어오너라."

인선은 소반을 할아버지와 아버지 사이에 놓고 면포를 풀었다. 그리고 아버지의 발치에 앉아서 버선을 벗겼다. 두 사람은 멀거니 인선이 하는 짓거리를 그냥 볼 수밖에 없었다.

신명화는 인선을 보고 장인어른을 보다가 소반의 술잔을 들어 장인어른에게 권하면서 그제야 한마디 물었다.

"너는 이 애비가 오리라고 어찌 알았느냐?"

"몰랐습니다."

"그런데 이게 다 무어냐?"

"그냥 있는 술을 덥히고 있는 안주를 덥혔습니다. 면포와 약은 낮에 일이 있어서 챙겼다가 다시 가져온 것입니다."

장인어른의 술잔에 술을 따라드리면서 물었다.

"누가 다쳤습니까?"

"길주가 어리석은 짓을 해서 지금 사랑채에 묵고 있네."

"무슨……?"

"강상의 죄를 범했으니 문제가 좀 될 듯싶네."

신명화는 멈칫 놀랐다. 강상의 죄는 여러 종류가 있다. 그중에 어느 죄를 범했다는 것일까. 길주는 여리고 착한 사람이어서 의아하기도 했다.

"유 진사와 다툼이 좀 있었는데, 조용히 해결하도록 손을 썼지만 길주가 잡혀가는 것이야 어찌할 도리가 있겠나?"

"누가 상했습니까?"

"그렇지는 않네."

그제야 술을 마시느라 치켜든 장인어른의 팔에 묶인 면포가 눈에 띄었다.

"팔을 다치신 것입니까?"

"다치지 않았네."

장인어른은 한마디로 잘라버리신다. 문제 삼지 말고 없는 듯하라는 뜻이다.

장인어른이 따라준 더운 술을 한 모금 마시는데 마당에서 다시 소란이 일었다. 아마도 운도 아범이 일러주는 대로 하지 않고 하인들에게 말질을 한 모양이다.

인선이 일어나서 별당 문을 열었다. 마당에 한가득 하인들이 서 있고, 그 뒤에서 천천히 딸들과 안사람이 앞으로 나섰다.

신명화는 일어나며 아내와 눈을 마주쳤다.

한바탕 소동이 지나가고 나서야 신명화는 아내와 나란히 안방에 들어가서 마주 앉을 수 있었다. 인선이 하려던 치료를 아내가 하기 시작했다.

"한겨울에 대관령을 넘다니, 왜 그리 무모하십니까?"

"어허, 이 사람. 기껏 천리 길을 한걸음에 보러 달려왔더니 그 무슨 서운한 말이오?"

"한걸음에 오시니까 이렇게 되지요."

"얼음은 감옥에서 이미 박혔는데 무슨……."

아내가 입을 꼭 다물었다.

"미안하오. 사내가 집 나서면 뭐라도 집안에 보탬이 되는 일을 해야 하는데 매번 화만 불러일으키니, 부인 볼 면목이 없소."

"어련히 알아서 잘 하셨을까요? 부끄러운 일은 아니지요."

"부끄럽소."

신명화는 고개를 돌려버렸다. 아내 앞에서 눈물을 보인다면 지아비가 아니다. 그런데 막상 아내를 보니 그동안 참았던 눈물이 날 것만 같다.

아내는 신명화의 눈치를 흘끗 보더니 고개를 숙이고 배시시 웃는다.

"왜요? 치도곤이 나고 집안이 풍비박산이 나야 안 부끄러우시겠습니까?"

"어허, 말이 지나치지 않소?"

아내의 농에 같이 웃었다.

"많이들 망가진 것이지요?"

"생각만큼은 아니었소. 주상께서 일을 빨리 처결하려고 그러신 것인지, 아니면 정암 선생을 생각해서 우리를 방면한 것인지 모르지만……."

아내가 술을 따라주었다.

"연엽주입니다. 올해는 잘 익었어요."

"좋구만. 한양에서는 구경도 못할 술이지."

술을 입안에 털어 넣었다.

"그런데 인선이 말일세."

"그 아이가 왜요?"

"도무지 애 같지가 않아서 말이오."

"가끔 건방져질까 두려워서 혼을 내고는 합니다."

"혼날 일은 저지르던가?"

"그렇지는 않지요. 매사에 어른스럽지 않습니까?"

"내 말이 그 말이오."

"너무 일찍 어른스러워지는 게 싫어서 누르는 거지요."

"그게 눌러진답니까?"

신명화는 인선을 볼 때마다 사내아이가 되려다가 삼신할매가 실수해서 계집아이가 된 것 아닌가 싶을 때가 많다. 생긴 것이 그렇다는 이야기가 아니라 생각이나 행동의 무거움이 그렇다는 말이다.

그러나 아내 앞에서 그런 내색은 한 적이 없다. 공연히 아들 못 낳는 것을 생각하게 될까 두려워서다.

이부자리를 펴고 나란히 누웠다. 오래만에 아내의 젖무덤에 손을 얹는데, 아내가 넌지시 말한다.

"소첩은 이제 아이를 잉태하지 못합니다."

"누가 뭐랬소? 아이라면 충분히 낳지 않았소? 꼭 아이가 필요해야만 운우지락을 즐긴답니까?"

신명화는 아내를 끌어안았다.

"대관령을 단숨에 넘은 힘이 무언지 아시오?"

아내의, 여전히 봉긋한 젖무덤에 코를 박았다.

"바로 이것이오."

"이이가……."

아내는 싫지 않은 듯 신명화의 머리를 꼭 끌어안았다.

온몸이 노곤했다. 짧으나마 옥사를 치른 데다가 내처 먼 길을 걸었으니 그럴 만도 했다. 거기 더해서 술을 마시고 아내와 정까지 나누었으니 세상 모르고 곯아떨어졌다.

문득 눈을 뜨니 아내가 없다.

아직 새벽인데 이 사람이 자리를 비우고 어디로 갔는가. 머리맡의 자리끼를 비우고 대청으로 나가려다가 반대편 툇마루에 앉아서 밤하늘을 올려다보고 있는 아내를 발견했다.

놀랄까봐 헛기침을 하며 다가갔다. 아내가 깜짝 놀라서 돌아보았다. 일어나려고 하는데 그 옆에 가서 같이 주저앉았다.

뒷마당은 얼어붙은 겨울나무에 쌓인 눈으로 황량하고 차가웠다. 장독에도 눈이 소복해서 괜히 닿지도 않은 살이 시리다.

"날도 찬데 어찌 나와 있소?"

곁에 앉아서 아내 얼굴을 들여다보니 울었던 듯하다.

"울었소?"

"아닙니다."

"울었구만."

"아니라니까요. 주무시다 말고 왜 나오셨어요?"

"마누라 달아난 줄 알고 놀라서 뛰쳐나왔지."

"피곤하실 터인데……."

"다 풀렸소. 부인 품이 따땃하니까 몸에 들어서던 여독이 횡하니 나가버리지 않았겠소?"

신명화는 아내의 어깨를 감싸 안았다.

"아이, 체통을 지키셔요."

"체통은 무슨……. 단둘이 있는데 부부 간에 체통 지킬 일이 무엇이오?"

아내가 어이없다는 듯 눈을 흘기며 웃었다.

"그나저나 나와서 마냥 앉아 있기에는 너무 춥지 않소?"

"들어가시라니까요?"

"부인이 이렇게 있는데 나만 어찌 들어가겠소? 같이 얼어 죽든가 해야지."

아내는 고개를 숙이고 웃더니 가만히 자기 발치를 내려다보고 말이 없다.

"무슨 근심이라도 있소?"

"어머니께서 아무 말씀도 없으시던가요?"

"응? 아니, 글쎄……. 하도 이야기를 많이 하시니까 무슨 이야기가 중요한 이야기인지 구분할 수도 없소."

아내는 슬며시 신명화를 돌아보았다.

"왜? 어떤 일?"

"후사 이야기 안 하시던가요?"

"애들 혼사 이야기 말이오?"

"왜 이러셔요?"

아내의 질책에 신명화도 더는 농으로 받지 못하고 진지하게 대답했다.

"부인이 보낸 편지를 받으신 듯했소."

"그랬지요. 그러면 그 일은 어찌하고 오셨습니까?"

"어찌하고 오기는……. 보다시피 의금부에 갇혀서 고생만 하다가 오지 않았소? 의금부에 갇혔다는 건 주상의 눈 밖에 나앉았다는 뜻인데 누가 첩으로 들어오려고 하겠소?"

"말이 되는 소리를 하셔요."

아내의 태도에 힐난이 어렸다.

"서방님에 대해서 한양 사람들이 알 만큼 아는데, 이미 어머님께서 다 중재한 일을 그런 연유로 마다하겠어요?"

신명화도 이제는 속에 있는 소리를 하지 않을 수 없었다.

"첩의 아들로 태어나면 아이의 처지가 딱하게 될 것이오."

"그럼 후처로 들이시지요."

"그렇게 되면 부인은 어쩌고……."

"이미 어머님께 전부 말씀드렸는데 어찌 이야기를 다시 시작하시는 거예요?"

"어머님께도 말씀드렸소."

"무엇을요?"

"마음에도 없이 사람을 들이는 건 그 사람에게 못할 짓이라고 말이오."

"소첩은 질투하지 않을 것입니다."

"그야 칠거지악이니까. 그런데 남편의 사랑을 거부하는 아내는 죄가 아니 되오? 칠거지악에 그게 왜 없는지 모르겠구만."

"갑자기 왜 그런 얼토당토않은 이야기를 연결 지으십니까? 대가 끊기게 생겼으니 벌이는 일입니다."

"어허 참, 부인이나 어머님이나 어찌 사람들이 그렇게 모지시오? 사람이 금수도 아닌데 새끼 낳자고 마음에도 없는 처자를 끌어들여서 씨받이로 쓴다는 게 말이나 되오?"

"씨받이가 아니라 정식으로 들일 것이고 후처로 대우할 것입니다."

"그런다고 뭐가 달라지오? 사랑이 없는 운우지정은 선비의 취할 태도가 아니오."

아내는 신명화를 멍하니 바라보았다.

"그리고 나는……."

신명화는 슬그머니 아내의 손을 잡았다.

"내가 다른 여자를 보고도 당신과 지금처럼 행복할 자신이 없소. 그리고 아이들에게도 떳떳하지 못할 것 같소. 이건 누가 뭐라고 해서가 아니라 내 속마음이오. 내 육신이야 옥에 가둘 수도 있겠지만 내 속마음이야 누가 가둘 수 있겠소?"

아내의 눈길이 안타깝게 빛났다.

"그러니 이제 다시는 그런 말을 입에 담지 마시오. 나는 부인과 함께 살다가 부인 눈앞에서 죽을 몸이오."

아내의 눈에 눈물이 비치는 듯해서 얼른 하늘로 시선을 돌렸다.

"어허, 날은 차도 별은 참 곱지 않소?"

아침에 일어나서 장인어른께 문안 인사를 하려고 나서는데, 친구 김진석이 문을 열고 들어섰다. 뒤에 나졸 둘이 서 있는 것을 보니 아마도 길주를 잡으러 온 듯하다.

별채를 돌아보았다. 길주가 별채에 들어가서 아버님께 인사를 드리고 있다고 했다.

흠흠. 김진석이 헛기침을 했다.

"오랜만일세."

"몸은 괜찮으신가?"

아마도 의금부 이야기를 하는 것 같다.

"나야 필부라서 뭐 한 게 있어야지. 거리도 멀고……."

"이 친구야, 말조심하시게."

신명화는 피식 웃었다.

"작설차 한잔하려나?"

"아닐세. 아예 저녁에 만나 술을 마시기로 하고 지금은 일을 보아야겠네."

"그럼 좀 기다리게."

신명화는 별채를 가리켰다. 별채 문이 막 열리는 참이었다. 그리고 장인어른과 함께 길주가 모습을 나타냈다. 김민석이 얼른 장인어른께 인사를 올렸다.

"어르신, 오랜만에 뵙습니다."

"현감님께서 직접 나오셨습니까?"

"중한 일이라서요."

길주는 장인어른께 다시 허리를 굽혀 인사하더니, 신명화를 보고도 넙죽 허리를 굽혔다.

"집안 걱정일랑 마시게."

신명화는 다른 말은 접어두고 그렇게만 말했다. 이런저런 이야기는 이미 장인어른께서 했을 것이다.

"죄인을 포박해라."

김진석의 명에 따라 나졸들이 길주에게 달려들어 오랏줄로 야무지게 포박했다. 길주의 모습이 처량맞게 변했다.

신명화도 끌려갈 때에 저렇게 끌려갔다. 그러니까 포박을 당한다고 해서 전부 흉악한 인간은 아니다. 스스로 생각해도 길주나 자기나 흉악하게 살지는 않은 것 같다.

집안 식구들이 죄다 보는 앞에서 길주는 그렇게 끌려나갔다. 장

70

인어른께서는 다시 별채로 들어가버리시고, 신명화는 문안 인사를 드려야 할지 말아야 할지 엉거주춤한 상태가 되었다.

문득 인선이 눈에 들어왔다.

"함부로 나와서 볼 일이 아니었다."

신명화는 인선을 나무랐다. 다른 형제들은 일부러 나오지 않는데 혼자만 나와서 어른들 틈에 끼어 구경하는 것이 못마땅했다.

저 아이는 어찌하여 제 또래들과 달리 항상 어른들 사이에서 눈에 띄는가.

5. 인선仁善

인선이 물었다.

"그것은 권력입니까?"

외할아버지께서는 말씀하셨다.

"본분이라는 것이다."

인선이 다시 물었다.

"누가 정한 것입니까?"

외할아버지께서는 다시 말씀하셨다.

"공맹지도를 익히지 않았느냐?"

"안 올라가실 줄 알았습니다."

인선은 당돌하게 말했다. 아버지의 눈이 커졌다. 봄볕이 따스한 봄날 경포호의 일렁이는 물결 위로 꽃잎들이 하나둘 떨어져 흘러갔다. 봄볕이 좋아도 쓸쓸하다.

"어째서?"

"지난해에 있었던 일로 한양 생활을 단념하신 줄 알았거든요."

아버지는 인선은 물끄러미 바라보면서 말을 잇지 않으셨다. 아마도 '어찌하여 너는 다른 형제들처럼 그러려니 하고 지내지 않느냐'고 힐책하시는 표정일 것이다.

"네 언니 혼인이 있으니 곧 다시 내려오마."

"어머니와 함께 가시든지요."

"네 어머니는 외할아버지를 모셔야 하지 않느냐? 효도와 부부 금실 중 어느 쪽이 더 중하겠느냐?"

"양쪽 다 중하다고 생각합니다."

"네 말도 옳다."

아버지는 대화를 끊고 싶으신 게다. 호수 건너를 바라보며 다른 말씀을 하신다.

"너는 수를 잘 놓으니 어머니를 도와서 언니 혼수 장만에 힘을 보태야 한다."

"예, 걱정 마시어요."

인선은 쉽게 대답했지만, 사실 수를 놓고 옷감을 만드는 일은 어려서부터 좋아하는 일이라 별문제가 아니었다. 다만 아버지께서 자꾸만 한양으로 올라가시는 게 못마땅했다.

어머니께서는 외할아버지께 아들이 없기에 아들잡이로 강릉 생활을 한다. 그런데 아버지께서는 강릉이 답답한 모양이다.

그래도 사실 아버지가 좋았다. 외할아버지 다음으로 좋은 어른이시고 스승이었다. 스승이라고 해도 '그리고 너도 이제 곧 혼인할 시기가 다가오니 좀 더 공부에 힘쓰고 몸가짐을 갖추어라' 식의 판에 박힌 어른들 말씀을 하시지는 않으시니, 가끔 뜻이 부딪쳐서 역정을 내실지언정 대화가 즐겁다.

"아침에 네 그림들을 전부 펼쳐놓고 보았다."

아버지는 인선을 돌아보며 빙긋이 웃으셨다.

"그런데 너는 어째서 산수화나 인물화보다 채소나 벌레 따위를 더 선호하는 것이냐?"

"비교하자면 더 많이 그리지는 않는데, 여러 가지를 그리다가 보니 그렇게 보일 뿐이지요."

아버지께서 빙그레 웃으며 돌아보았다.

"인선아, 어찌 애비 속을 네가 마음대로 정하느냐? 좋은 산수화

74

보다 미물들의 그림을 자주 그리니까 하는 말이다.”

“벌레도 자세히 들여다보면 참 아름다워요.”

“그러나 보통 산수를 보고 아름답다고 하고 미인을 보고 아름답다고 하지 않느냐?”

“그런 사람들에게 산수를 그리고 미인도를 그리라고 하지요, 뭐.”

“당부할 게 있어서 하는 말이다.”

“네, 아버지.”

“언니 혼수에는 세상 사람들이 좋아할 것을 수놓거라.”

인선은 활짝 웃었다. ‘그렇게 바보는 아니니까 걱정 마셔요.’라고 말씀드리고 싶었다.

아버지는 다시 한양으로 가시고 집안은 언니의 혼수를 장만하느라 눈코 뜰 새 없이 바빴다. 일할 수 있는 모든 식구들이 일손을 보탰다.

외할아버지는 손녀사위를 흡족해했다. 그리고 어머니도 그러신 것 같았다. 집안사람 모두가 그렇게 보였다. 모두들 기꺼이 수고를 아끼지 않았다.

길주 아저씨도 아내와 함께 와서 열심히 일을 도왔다. 강상의 죄는 엄한 거라서 멀쩡한 몸으로 나오기 힘들다고들 했지만, 아버지께서는 뇌물을 써서 길주 아저씨를 구해냈다.

그때의 대화를 기억한다.

"뇌물을 주는 것은 옳지 않은 일이잖아요?"

인선의 물음에 아버지는 너무나 당당하게 말씀하셨다.

"나쁜 일이다."

"그런데 어째서 부끄러운 일을 하셨어요?"

"부끄러운 일이어도 상관없다. 만일 사람의 생명을 살리는 일이라면 이 애비는 나쁜 일이라도 기꺼이 하겠다. 하지만 사람을 해치는 일이라면 그게 아무리 옳은 일이라도 나는 하지 않을 거다."

"외할아버지께서도 허락하신 일인가요?"

"당연하지. 길주만 살리는 일이 아니다. 그 집은 허리가 부러져 누워 있는 어린 아들이 있고, 그 아들을 보살펴야 하는 부인이 있다. 길주가 영영 되돌아오지 못한다면 그 집 식구들은 살아갈 길이 없지 않니? 너희 외할아버지께서는 실리적인 분이시다. 세 사람 몫이면 돈을 쓸 만하다고 생각하셨지."

"돈 문제가 아니라……."

"돈만이 실리는 아니란다."

그때 인선은 처음으로 외할아버지나 아버지가 꼭 옳은 일만 하시지는 않는다는 걸 알았다. 그걸 실리라고 하신 건 옳지 않다고 생각했다. 그러나 옳고 그른 걸 따지기 전에 길주 아저씨는 곧장

열 대를 맞고 풀려나서 곧 일을 할 수 있었고 아버지나 외할아버지를 친부모처럼 따랐다.

그러고 보면 이 세상은 뭐든 다 책과는 다르게 움직이고 있었다. 책은 호기심을 채워주고 세상의 이치를 깨닫게 해준다. 그리고 가슴을 뭉클하게 하는 감동도 있다.

그러나 반면에 세상을 바라보고 책을 돌아보면 수많은 모순과 맞닥뜨리고는 했다.

밤이면 수를 놓았다. 언니가 가져갈 이불이며 옷가지에 수를 놓고, 여덟 폭의 병풍도 만들려고 마음먹고 매일 해나가고 있다.

병풍에는 꽃과 나비가 노닌다. 아름다운 풍경이 펼쳐지고 행복이 가득하다. 언니도 그 행복 속에서 살아가기를 바란다.

그런데 병풍 속에는 책과 마찬가지로 빠진 게 있다. 인선은 항상 그 빠진 부분에 목이 말랐다.

잔치가 막바지에 이르자 고기를 많이 필요로 했다. 그럴 때에 꼭 와서 일을 해주어야 하는 사람은 바로 백정이다.

백정들은 마을 밖에 자기들끼리 따로 모여 살았다. 법에 따라 옷고름을 매어서는 안 되고, 버선을 신어서도 안 되고, 마을 안에서는 자거나 밥을 먹을 수도 없다.

"무서워요."

언연은 그들을 보자마자 아예 근처에도 가지 않았다.

겉모습이 우락부락하고 건장한 것이 확실히 구분되는 모습이다. 그렇기는 해도 북평마을에 없어서는 안 되는 사람들이다. 그런데 필요할 때를 빼고는 모두가 없는 사람들 취급을 했다.

그들을 상대해야 할 때가 또 있다. 가죽이 필요할 때다. 소나 돼지를 잡으면 가죽은 가죽대로 쓸모가 많다. 그럴 때 가죽을 무두질해서 질 좋은 물건을 만드는 데에는 그들이 필요하다.

또 그들은 아주 예쁜 노리개를 만들어서 판다. 그렇지만 사람들은 그 노리개를 방물장수들이 가져다주기를 기다린다.

다들 그들과 직접 맞닥뜨리는 일은 질색인 것이다.

"집에까지 들어오나요?"

언연이는 싫어 죽겠는 표정이다.

"그럼 저 사람들 대신 네가 소를 잡을래?"

"아씨는 참……."

언연이는 쪼르르 달아나버렸지만, 인선은 그들을 피하지 않았다. 그들은 병풍 속에도 없고 마을 안에서 살지도 않았지만, 엄연히 존재하는 마을 사람들이었다.

하필이면 비가 내렸다. 갑자기 내리는 소낙비에 다들 음식을 치우고 처마 아래로 뛰어들었지만, 마당에서 일을 하던 백정들은 고스란히 비를 맞으면서 그 자리에서 비가 그치기를 기다렸다. 각을 뜨던 고기에는 가마니를 덮었지만, 자신들은 그냥 그 자리에 서서 비가 그치기를 기다렸다.

인선은 사람들이 없는 뒤꼍으로 가서라도 처마 밑에서 비를 피하게 하려고 했으나, 어머니께서 냉정하게 인선을 대청마루에 앉혀버렸다.

평소 인자하시던 어머니께서 왜 이러시나 싶어 바라보는데, 어머니는 태연히 한과를 만들 조청을 휘저으시면서 백정들이 서 있는 방향은 바라보지 않으셨다.

"비가 오는데 그 사람들을 처마 아래로 들이지 않았습니다."

그날 밤, 인선은 외할아버지께서 쓰실 먹을 갈아 드리면서 입을 떼었다.

"백정이 아니더냐?"

외할아버지께서는 담담히 말씀하시며 화선지를 펼쳐서 문진으로 고정시켰다.

"네 어미는 평소 인정머리가 없어 보였느냐?"

"그렇지는 않지만 유독 반상의 구분에 있어서는 심하신 듯해요."

"무릇 만물은 자기가 가지고 태어난 바대로 살아야 하는 걸 배우지 않았느냐? 무릇 나무는 나무다워야 하고 바위는 바위다워야 하고 소는 소다워야 하고 말은 말다워야 하지 않느냐?"

"사람은요?"

"인간은 인간다워야 하지."

"인간이면 다 인간다워야 하지요?"

외할아버지는 말씀 대신 지그시 인선을 바라보았다. 인선의 질문이 무엇을 뜻하는지 알아서일 것이다. 인선은 내처 물었다.

"군주는 군주다워야 하고 신하는 신하다워야 하고 부모는 부모다워야 하고 자식은 자식다워야 하지요. 거기까지는 너무나 당연하게 느껴져요. 그런데 서자는 서자다워야 하고 백정은 백정다워야 한다고 하면, 서자나 백정에게는 너무 가혹한 게 아닐까요?"

외할아버지는 잠시 고개를 숙이고 생각에 잠기시더니 인선을 바라보며 썩 내키지 않는 표정으로 말씀하셨다.

"너희 어미가 왜 그렇게 무 베듯 하는지 이 할애비가 이야기해주마. 듣고 잘 생각해보거라."

네 어미는 어려서부터 심성이 참 고왔다. 조용하고 행동거지에 흘날림이 없었지. 매사에 건너뜀도 없어서 실수가 없으니 나무랄 일도 없었다.

굳이 흠을 잡자면 마음이 너무 착해서 봄이면 시도 때도 없이 쌀을 퍼다가 굶는 사람들에게 나누어주기도 하고 머슴들의 옷가지를 챙겨주려고 일부러 새 옷을 지어서 내게 건네기도 했다.

나는 속내를 알지만 모른 척하고 새 옷을 받아 입고는 했다. 그러면 내 헌옷가지는 고쳐져서 동네 머슴들 차지가 되었지.

그렇게 잘 자라던 네 어미가 어느 날 머슴의 자식들 중에 똑똑한 계집아이의 청을 거절하지 못해서 변고가 생겼단다.

　머슴의 아이에게 글을 가르친 거야. 똑똑한 아이이니 글을 가르치면 일도 잘해서 마름이라도 되겠거니 했겠지. 어린 생각에 자기가 옳은 일을 한다고 여겼지. 그 일이 어떤 일이었겠느냐?

　머슴이 죽는 바람에 아이는 졸지에 고아가 되었느니라.

"어째서요?"

"아이가 글을 쓰다가 주인마님에게 들키고 말았단다."

"그래서요?"

"아이 애비가 맞아죽었지."

　인선은 이해할 수 없었다. 이사온은 이해하지 못하는 인선의 표정을 보고 더욱 진지해졌다.

"반상은 그런 것이다. 머슴들이 글을 알면 깨우치지 말아야 할 것들을 깨우치게 되고, 깨우치지 말아야 할 것들을 깨우치게 되면 곧 자신의 위치를 넘어선 생각을 하게 되느니라."

"넘어선 생각들이 무엇인데요?"

"반상의 도리를 어기고 싶어지는 것이지. 때로는 정말로 강상의 죄를 범하기도 한단다."

　인선은 아무 대꾸도 않고 외할아버지를 바라보았다.

"자기가 처한 신분에 맞게 살도록 두는 것이 돕는 것이란다."

　이사온은 손녀가 쉽게 수긍하지 못하는 것 같은 느낌을 받고 다시 강조했다.

"주자(朱子) 선생의 가르침을 배우지 않았느냐?"

인선은 외할아버지의 눈치를 보면서 슬며시 되물었다.

"그런데…… 누구도 원하지 않았을 것이 아닙니까?"

"무엇을 말이냐?"

"태어나기를 그렇게 태어나는 것 말입니다."

이사온은 잠깐 멍해져서 손녀딸을 바라보았다.

"하늘이 정해서 내려주는 것이 아니냐?"

"무엇이든 하늘이 정해준다고 믿으면 이 세상 일이 어차피 정해
진 대로 간다는 것인지요?"

"순리대로 간다는 말이다."

"만일 그런 것을 믿게 되면 관리들은 태만해지고 학생들은 공부
를 게을리하고 농사를 짓는 사람들은 농사일을 제대로 하지 않을
것이 걱정됩니다. 어차피 정해진 운명인데 무엇을 위해 노력하겠
습니까?"

인선의 말에 이사온이 눈을 부릅떴다. 어찌 어린 소녀가 이런 생
각을 한다는 말인가.

"스스로 돕는 자를 하늘도 돕는다고 하지 않더냐?"

"이미 정한 이치를 바꾸게 되는 것인지요?"

이사온은 말문이 막혀버렸다. 이렇게 되면 앞뒤가 맞지 않는 모
순이 생긴다.

82

"너는 이 이야기들을 어느 책에서 읽었느냐? 이 할애비가 준 책에는 네가 그런 생각을 하게 만드는 내용이 없다."

인선은 단호하게 대답했다.

"그저 제 짧은 소견이었습니다."

이사온은 고개를 끄덕였다.

"오늘은 시간이 없어서 결론에 이르기 어렵겠구나. 나중에 다시 토론하자꾸나."

인선이 나가는 모습을 바라보며 이사온은 내심 혀를 찼다.

'참으로 아깝지 않으냐. 저 아이가 사내로 태어났으면 가문을 일으켜 세우고 세상을 위해서 큰일을 했을 터인데……'

외할아버지의 말씀이 있었지만, 인선은 아무리 이해하려고 해도 도무지 이해할 수 없었다. 부리려는 사람들이 글을 알고 공자님 말씀이나 맹자님 말씀을 안다면 더 좋아지지 않을까?

그리고 사실 속으로 뜨끔한 면도 있었다. 이미 인선은 아무도 몰래 틈나는 대로 동네 아이들에게 글자를 알려주고 있었다.

어려운 한자를 알려주려는 게 아니라 살아가면서 필요한 숫자를 알려주었다. 그냥 쓰는 게 아니라 어음이나 문서에 쓰는 숫자를 가르쳐주었는데, 이제 본격적으로 한문을 알려줄 참이었다.

'안되겠구나. 큰일이 날 수도 있는 것이야.'

심란한 마음이 가득했다.

밖으로 나와보니 어느새 비는 그치고 혼수를 실은 수레가 들이 닥쳐 있었다. 우르르 수레로 달려들어서 혼수를 구경하는 손님들은 너나 할 것 없이 인선이 준비한 병풍이며 이불의 자수에 감탄을 금치 못했다.

"이게 다 직접 손으로 넣었다니 정말 믿기 어렵구만."

"이거야 보통 재주가 아니지 않은가?"

"이걸 혼수 집에 부탁하면 적잖게 돈이 들 터인데 감만 끊어다가 다 했다는구만."

한바탕 칭찬이 벌어지는데, 인선은 조용히 사람들을 피해서 뒤 곁으로 향했다. 장독대 바로 앞의 우물가에서는 잡은 돼지의 각을 뜨느라 분주했다.

인선은 백정들의 칼 놀리는 모습을 바라보다가 자기도 모르는 사이에 정주간 입구에 주저앉았다.

어느새 뒤따라 온 언연이 곁에 앉으면서 생글생글 웃는다.

"아씨, 저렇게 해놓으니까 참 먹음직스럽지요?"

인선은 말없이 돼지를 바라보았다. 그러다가 슬그머니 일어나서 백정들에게 다가갔다.

"아, 아씨!"

언연이 놀라서 일어나는데 인선이 조용히 하라고 신호를 보냈다. 언연은 놀란 눈으로 바라보면서 다시 주저앉고 인선은 백정 하나에게 말을 걸었다.

"다 되면 반 근만 절 주셨으면 해요."

백정들이 놀라서 돌아보았다.

"양이 모자란다고 말씀하시면 제가 가져갔다고 하세요."

"미, 미리 허락을 받아야 하는뎁쇼?"

"괜찮아요. 제가 가져갔다고 하면 이해하실 거예요."

인선은 무명천으로 싼 돼지고기 반근을 받았다.

인선은 동네 끄트머리에 있는 오두막으로 갔다. 오두막은 초가
지붕이 약간 기울어진 채로 불안해 보였고 벽의 흙도 군데군데 내
려앉은 보기 흉한 상태였다.

사람이 살지 않는지 인기척이 없다. 그러나 작고 볼품없는 아궁
이 주변에 그릇들이 있는 것으로 보아 사람이 아주 살지 않는 것
은 아닌 듯하다.

인선이 다가가자, 방 안에서 부스럭대는 소리가 났다. 인선이 얼
른 뒤로 물러나면서 말했다.

"나오지 말아요."

안에서 움직임이 멈추었다.

인선은 툇마루로 다가가서 재빠르게 무명천으로 싼 돼지고기를
놓고 오두막을 벗어났다. 그러고는 뒤도 돌아보지 않고 내달리기
시작했다.

인선이 사라진 다음에 슬그머니 오두막의 문짝이 열렸다. 그러

더니 봉두난발의 노인 하나가 말라비틀어진 팔다리로 엉금엉금 기어 나왔다.

노인은 무명천으로 싼 물건을 발견하고 내용물을 살피더니 눈이 휘둥그레졌다. 그리고 인선이 사라진 쪽을 멀거니 바라보았다.

저물녘 잔치 준비를 마치고 뒤뜰에서 검은색 나무들을 지켜보던 이사온에게 신명화가 다가왔다.

이사온이 신명화를 돌아보며 물었다.

"잘된 것 같은가?"

"예, 잘된 듯합니다."

"어미는?"

신명화가 고개를 갸웃했다.

"인선과 조용히 집을 나갔습니다."

"이 시간에 무슨 일로?"

"글쎄……, 잘은 모르지만 무언가 할 이야기가 있어 보였습니다. 그래서 따라가지 않고 묻지도 않았습니다."

"잘했네."

이사온은 고개를 끄덕였다.

딸은 아이들을 크게 꾸짖을 일이 있을 때에는 꼭 아무도 없는 곳으로 데리고 나갔다. 그리고 크게 소리를 내도 아무도 듣지 못하는 곳에서 호되게 꾸짖고는 했다.

"그런데 자네……."

"예?"

"혹시 인선이에게 내가 읽히라는 책 말고 다른 책을 준 적이 있던가?"

"특별히 그런 것은 없습니다."

"그런가……."

"그렇게 물으시는 무슨 연유라도……."

"인선이가 부쩍 반론이 늘었네."

아, 그런 거라면 신명화 자신도 느끼고 있었다. 가끔 집에 들르면 꼭 부녀간의 대화가 있고는 했는데, 부쩍 질문이 많고 반론도 많아서 공부를 열심히 하는구나 정도로 생각하고는 했다.

"저도 느끼기는 했습니다."

"뛰어날수록 교육에 신경을 써야 하네. 자칫하면 그릇된 길을 갈 수도 있으니……."

"성리학에 의문을 가지는 부분을 말씀하십니까?"

이사온은 고개를 끄덕였다.

"범상치 않네."

인선과 어머니는 북평마을 입구의 커다란 수호목 옆에 있는 작은 정자에 마주 앉았다. 인선은 무릎을 꿇고 앉아서 어머니의 차갑게 굳은 얼굴을 보며 한바탕 꾸중을 각오하고 있었다.

"어째서 분수를 모르느냐?"

"어인 말씀이십니까?"

"돼지고기 반근은 어디다 썼느냐?"

인선은 담담한 표정으로 어머니를 바라보면서 대답했다.

"죄송합니다, 어머니. 제가 꼭 필요한 곳이 있어서 조금 썼습니다."

"누구 허락으로 썼느냐?"

"미리 허락받지 못했습니다. 어머니께서 거절하실 것 같았습니다."

"그러면 도둑질이 아니더냐?"

"네."

인선은 순순히 도둑질이라는 것을 시인했다. 어머니는 매섭게 나무라셨다.

"도둑질인 걸 알면서도 저질렀다는 말이냐?"

"꼭 필요했습니다."

"그러면 간곡히 허락을 구했어야 하지 않느냐?"

"몇 번 그래보았습니다."

"너……."

어머니는 짚이시는 게 있는지 인선을 바라보면서 잠시 말씀을 못하셨다. 인선은 어머니의 반응을 기다렸다. 벌을 받는 것이 두렵지 않았다. 나쁜 짓을 했고, 나쁜 짓에 대한 대가를 피할 마음은 없었다.

"문둥병 걸려서 마을에서 나간 허씨 이야기냐?"

"마을을 나간 것이 아니라 쫓겨난 것입니다."

"그럼 문둥병 걸린 사람을 마을에 그냥 둘 수 있겠느냐? 동네 사람들보다 가족이 먼저 내보냈지 않느냐?"

"만일 제가 문둥병에 걸린다면 어머니께서는 어쩌시겠습니까?"

"그걸 말이라고 하느냐?"

어머니는 노기로 인해 입술을 깨무셨다.

"사람은 누구나 다치기도 하고 병을 얻기도 하지 않습니까? 그럴 때마다 내쳐버리면 이 세상 누가 사람을 믿고 살겠습니까?"

"엉뚱한 소리 그만하거라. 그래서 결국 도둑질을 한 것이냐?"

"허씨 아저씨 일로 청을 드리면 어머니께서는 항상 허락하지 않으셨습니다. 그래서 먼저 저질렀습니다."

"그럼 네 죄를 네가 스스로 알겠구나?"

"네, 어머니."

인선은 노기 때문에 얼굴빛이 창백해지신 어머니를 담담하게 바라보았다.

"오늘부터 사흘간 곡기를 끊고 별당에서 근신하도록 해라."

"네, 어머니. 달게 받겠습니다."

인선은 고개를 숙였다. 어머니는 찬바람이 일도록 벌떡 일어나서 먼저 정자를 벗어났다.

인선은 혼자 남아서 잠시 그대로 앉아 있었다. 고개를 들어 하늘을 보니 이제 막 떠오른 달이 더없이 밝다. 하루, 이틀, 혹은 사흘의 근신이 겁나지 않았다. 굶는 것도 그다지 어렵지 않다. 다만 두려운 것은 어머님의 노여움이 풀리지 않으시는 것이다.

그래도 후회하지는 않았다.

신명화는 태연히 앉아서 바느질을 하는 아내를 뜨악한 표정으로 바라보았다.

"그, 그게 사실이오?"

"예, 사실입니다."

"어찌 곡기를 끊게 할 수가 없소? 한창 먹고 자랄 나이가 아니오?"

"잘못된 생각에 빠져서 사람의 도리를 잃는 것보다는 낫지요."

"어허……. 당신 참…… 모질기도 하구려."

신명화는 딸이 도둑질을 했으니 뭐라고 할 말은 없었다. 하지만 그냥 근신이 아니라 곡기를 끊으라니 너무 가혹하지 않은가.

슬쩍 아내의 눈치를 보니 절대 물러설 기미가 아니었다.

"내 집안 재산이니 그렇게 큰 죄는 아닌데……."

"도둑질이 문제가 아닙니다. 인선이는 스스로의 잘못을 인정했지만, 마음으로는 자신이 잘못했다고 생각하기보다 잘했다고 생각하고 있습니다. 그리고 벌을 받는 것 또한 스스로에게 저지르고 대가를 치르겠다는 건방진 생각으로 가득합니다.”

“그럴 리가…….”

“용서할 수 없습니다.”

허어……. 신명화는 할 말을 잃고 한숨만 내쉬었다. 그러다가 문득 묘책이 떠올랐다.

“아무리 근신을 하더라도 공부를 쉴 수는 없으니 내 책과 지필묵을 넣어주어야겠소.”

아내가 눈을 크게 떴다.

“밥은 걸러도 공부를 걸러서는 안 되지, 암.”

신명화는 아내가 반론을 제기하기 전에 후딱 자리를 박차고 일어나서 지필묵을 한 아름 들고 별당으로 갔다. 그러고는 슬쩍 문을 열고 지필묵을 들이밀면서 인선의 눈치를 살폈다.

인선은 벽을 보고 다소곳이 앉아 있었다. 마치 석씨를 믿는 중들이 수행하는 모습과도 같았다. 어쩌면 산속에서 도를 닦는 도인들의 모습일 수도 있겠다.

말도 걸어보지 못하고 문을 닫았다.

‘어쩌면 저렇게도 장인어르신을 꼭 닮았을까.’

인선은 아버지께서 지필묵을 넣어주신 마음을 알았다. 항상 너그럽고 어진 성품의 아버지. 이제까지 살아오면서 언제 한 번이라도 다른 사람에게 하대를 한 적이 없으신 분이다. 아무리 신분이

낮은 백정이라도 아버지는 언제나 '이러신가', '저러시게' 하고 말했다.

그런 아버지시니까 아마도 자신의 행동을 이해해주셨으리라 믿었다. 다만 방법이 틀렸다는 것을 인선도 알았다. 어떤 목적을 위해서 나쁜 짓을 하는 게 옳지 않다는 것도 잘 안다.

그러나 도무지 방법이 없을 때가 있다.

그런 경우에는 어찌해야 하는가. 그저 돌아가는 대로 따라야 하는가. 그게 분명히 잘못된 일인데도 불구하고 세상의 규칙이 그러하니 따라서 같이 외면해야 하는가.

인선은 그래야 한다고 생각하지 않았다. 기꺼이 자기희생을 해서라도 무언가 했어야 한다. 몇 번이나 부탁을 드렸지만 돌아오는 대답은 문둥병 환자 곁에 가는 건 마을 사람들로부터 같은 문둥병 환자로 취급을 받을 수도 있으므로 조심해야 한다는 것이다.

어머니께서는 특히 과년한 딸이라는 점에서 접근하는 것을 절대적으로 반대하셨다. 그렇다고 해서 누군가를 대신 보내려고 해도 아무도 그 근처에는 가려고 들지 않았다.

결국 인선이 직접 가야만 했다. 마을 사람들 몰래 가끔씩 구하기 힘든 것을 구해서 가져다놓고 돌아왔다. 허씨 아저씨도 아시는지 밖에서 인기척이 나면 나오려다가 인선이 소리를 지르면 나오지 않았다.

인선은 언제나 가져간 것을 툇마루에 재빨리 놓고 되돌아왔다.

마을 사람들이 눈치채지 못하게 샛길로 다니면서 꾸준히 필요한 것들을 보내고는 했다.

나쁜 짓이라고 생각하지 않았다.

인선은 근신을 마치는 날까지 그림을 그렸다.

생각이 많아서 책을 읽어도 머리에 들어오지 않아 그림을 그리면서 시간을 보냈다. 처음으로 곡기를 끊으니 허기가 져서 손까지 떨리고 진땀이 나고 어지럽기도 했다. 그래도 쉬지 않고 그림을 그렸다.

사흘 동안 물을 많이 마셨다. 언연이가 먹을 것을 몰래 가져왔지만 받아들이지 않았다. 참을 만했지만, 한편으로는 인간이 가장 참기 어려운 것이 배고픔이라는 사실도 깨달았다.

눈을 감고 잠을 청하기라도 하면 허공에 음식들이 빙빙 돌았다. 엄청나게 맛있는 음식들이 나타나는 것이 아니었다. 주로 따뜻한 밥사발과 먹음직스러운 김치 나부랭이였다. 평소에는 그다지 귀한 줄 모르던 것이 눈앞을 지나갔다.

배고픔은 이런 것이구나.

봄이면 많은 사람들이 배고픔에 시달린다. 가끔 할아버지가 관청에서 얻어내기도 하고 곳간을 열기도 해서 어찌어찌 식량을 만들어 굶는 사람들을 찾아 나눠주기도 했지만, 그 정도로는 모두 구제하기에 어려움이 있었다.

그럴 때마다 인선도 따라나섰는데, 외할아버지 말씀으로는 강릉은 그나마 나은 편이라고 했다. 더 북쪽으로 가면 그야말로 봄철마다 이집 저집이 굶어죽는 판이라고 했다.

"매년 농사에 내내 매달리는데 어찌 그런 일이 일어나나요?"

인선이 물으면 외할아버지는 한숨부터 내쉬시고는 했다.

"나눠 먹고 살지 못하니까 그렇지."

"나라에서 나누어 먹게 할 수는 없을까요?"

"가난은 임금도 못 말린다는 말이 있지 않니? 나라에서도 노력은 한다마는……. 가진 사람들이 어찌 턱턱 내놓겠느냐? 당장 우리부터도 우리 먹을 건 챙기고 나서야 조금씩 보태주지 않더냐?"

그때 인선은 굶어죽는다는 말을 실감하지 못했다.

'아, 며칠만 먹지 못하면 죽기도 하겠구나.'

처음으로 굶는다는 것에 두려움을 느꼈다.

마침내 사흘간의 근신이 끝나고 풀려나자, 제일 먼저 아버지가 죽사발을 직접 들고 달려왔다. 그리고 들어서자마자 앞에 쟁반을 내려놓고 인선의 안색을 살폈다.

"괜찮으냐?"

"예, 아버지."

인선은 힘없이 웃었다.

"죄송합니다, 아버지."

"네 어미 심정을 이해하거라."

"그럼요. 어머님 심정 이해합니다. 마땅한 벌을 받았다고 생각합니다."

잠시 대화가 끊겼다.

"인선아."

"네, 아버지."

"얼마 전 내가 옥사를 치렀을 때를 기억하느냐?"

"예."

인선은 무슨 이야기를 하시려나 싶어서 아버지를 바라보았다.

"그때 정암 선생께서도 결국 목숨을 잃으셨고 많은 사림의 친구들이 유배를 가야만 했다."

"……"

인선은 말없이 고개를 숙였다.

"그때 옥중에서 이 애비는 생각했단다. 무엇이 잘못되었는가, 무엇이 문제인가. 어느 쪽이 옳은가를 생각한 게 아니었다."

"네?"

인선은 아버지를 쳐다보았다.

"생각해보거라. 반정이 일어나든 역모가 일어나든 혹은 사화가 일어나든, 언제나 자기들이 옳다고 한다. 하다못해 역적도 자기가 옳았다고 한다."

"……?"

"그들이 모두 자기들이 옳다고 여기는 게 거짓이겠느냐?"

인선은 퍼뜩 놀란 표정을 지었다.

"아니다. 그들은 전부 자신이 옳다고 생각한다. 어느 누구도 자기가 그르다고 생각하지 않는다. 그러니까 각자의 선(善)이 따로 있는 것이지. 그러면 기어코 자신이 옳다고 해서 수단과 방법을 가리지 않는다고 치자. 그래서 목적을 이루었다고 치자. 과연 자신이 옳다고 확신할 수는 있는 것이냐?"

"……!"

인선은 충격 받은 얼굴로 아버지를 바라보았다.

"그래서 아무리 옳다고 생각하는 일이 있더라도 그 일을 행하는 데 있어서 그릇된 방법을 사용해서는 안 되는 것이야."

아버지는 부드럽지만 단호하게 말씀하셨다.

"이제 가서 어머니께 사죄드리거라."

"네, 아버지."

인선은 부끄러움에 고개를 떨구었다.

인선은 어머니 앞에 가서 무릎을 꿇었다.

"죽은 먹었느냐?"

고개를 끄덕이는데 눈물이 났다.

"죄송합니다, 어머니. 제가 큰 잘못을 저질렀습니다."

"힘들었지?"

"아니에요. 좋은 경험이었습니다. 정말 많이 깨달았어요."

"이리 오너라, 아가."

어머니는 인선을 향해 두 팔을 벌렸다. 인선은 어머니에게로 가서 품에 폭 안겼다. 어머니가 등을 두드려주면서 말했다.

"고생했다. 고생했어, 우리 아가."

6. 잔치

동방에 한 선비가 있으니

항시 옷차림이 남루하더라

열흘에 세끼가 고작이요

십 년을 갓 하나로 버티더라

고생이 이루 말할 수 없건만

언제나 좋은 얼굴로 있더라

내 그를 보고자 하여

이른 아침에 하관을 넘어갔더니

청송은 길을 끼고 울창하였고

흰 구름은 처마 끝에 잠들더라

내가 일부러 온 뜻을 알고

거문고 줄을 골라 날 위해 퉁겨내니

높은 음은 별학조, 놀란 듯한 가락

낮은 소리는 봉황의 울음이 아니더냐

원컨대 이제부터는 그대 곁에 살아

만년까지 이르리라

다음 날부터 잔치가 벌어졌다. 온 동네 사람들뿐 아니라 멀리 타지에서도 축하객들이 몰려들었다. 이사온이나 신명화나 아무 관직에도 있지 않았지만, 벗들은 미어터지도록 많았다.

그 가운데 이웃 동네 여자들까지 몰려들었다. 양반집 마님들은 말할 것도 없고 중인들이며 관리들까지 각양각색의 손님들이 몰려들었다.

인선은 몸이 그다지 좋지 않았지만, 그래도 가만히 있을 수는 없어서 부엌에 앉아서 전을 부치고 나물을 무쳤다.

그때 양양에 사는 양반집 부인이 사색이 되어서 왔다. 양반이기는 하지만 벼슬을 못해서 그저 그렇게 힘들게 사는 것을 알고 있는 부인이었다.

"이보게, 혹시 옷감에 대해서 잘 아는가?"

"어떤 옷감 말이신가요?"

부인은 겉치마 하나를 내밀었다.

"이게 이 모양이 되었네. 없는 살림에 잔치집에서 얕보이지 않으려고 남의 옷을 빌려 입었는데, 큰일이지 뭔가?"

그제야 행색을 살펴보니 아래에는 급한 대로 무명치마를 입고 있었다. 내미는 겉치마는 이미 얼룩이 방울방울 묻어 있었다.

"이 얼룩은 지워지지 않을 텐데요?"

"뭔가 방법이 없을까?"

인선은 얼룩을 보며 조금 안타까운 마음이 들었다. 만일 어느 높으신 집안 부인이 와서 보이거나, 가난하면서도 가난을 창피하게 알아서 허세를 부리는 상대라면 안타까운 마음이 들지 않았을 것이다. 그러나 부인은 진정으로 자기 신세를 털어놓고 방도를 찾으니 도와주고 싶었다.

"이 옷감은 얼룩이 빠지지 않을 텐데 큰일이네요."

인선은 옷감을 살펴보면서 방법이 없음을 알았다. 아무나 입을 수 없는 비싼 비단옷이었다. 빨래를 할 수도 없는 옷감인 데다가 방울방울 묻은 게 보라색의 과일 물이었다.

"오디 물인가요? 색이 그러네요?"

"오디 몇 알 먹다가 그만 나도 모르는 사이에 이렇게 되었네."

오디 물이든 과일 물이든 풀물이든 비단에 묻으면 지우기 힘들다. 원래 식물의 물은 무명이나 면포에 묻어도 지우기기 힘들다.

인선은 치마를 들고 부엌을 나섰다.

"제가 그림으로 바꿔보겠습니다. 만일 그래도 치마 주인의 마음에 안 들면 어쩔 수 없지만요."

"어쩌든지 해봐주게. 내가 이런 비싼 비단옷을 어찌 물어줄 수 있겠나?"

"기다려보세요."

인선은 치마를 들고 별당으로 들어갔다. 그리고 붓에 먹을 묻혀 치마에다가 포도송이를 그리기 시작했다. 얼룩이 포도송이처럼 방울방울 떨어져 있으니 포도 넝쿨을 그리는 게 제격이었다.

정성을 들여서 넝쿨에 매달린 포도송이를 그렸다. 이파리도 흐리게 넣어서 마치 원래 옷감에 새겼던 그림처럼 위장했다.

치마 주인의 마음에 들었으면 하면서 치마를 가지고 부인을 찾아갔다. 때마침 부인 여럿이 앉아서 치마 걱정을 하고 있었다.

인선은 부인들 앞에 치마를 펼쳐 보였다.

"혹시 이렇게 해서 마음에 들면 물어내라고 하지 않을 수도 있지 않을까요?"

그런데 인선이 펼쳐놓은 치마를 보는 순간, 부인들이 죄다 벌떡 일어나버렸다.

"에그머니나!"

"어쩌면 이렇게……."

인선은 자신이 잘못했나 싶어서 겁먹은 얼굴로 둘러선 부인들을 쳐다보았다.

"왜들 그러셔요?"

"왜라니?"

"아니, 어쩜 이렇게……. 원래 있던 무늬보다 더 근사하잖아?"

"포도송이가 치마에 열려 있는 듯하구만."

"정말 포도송이가 지금이라도 또르르 굴러 떨어질 듯하네."

"이 이파리 색 묘한 것 좀 봐. 우리 집 마당에 있는 포도나무랑 아주 똑같네, 똑같아."

인선은 약간 어리둥절했다. 이런 칭찬을 받을 줄은 몰랐다. 그러나 저러나 이렇게 마음에 들면 치마 주인도 어느 정도는 마음에 들어 하려나 싶었다.

현감의 부인이 갑자기 허리춤에서 전대를 꺼내들었다.

"비단 치마 값이 얼마야?"

다들 무슨 소리인가 해서 현감 부인을 쳐다보았다.

"내가 이 치마를 살 터이니 그 값으로 비단 치마 값을 물어주면 되는 것 아닌가?"

그제야 부인들은 다들 말뜻을 알아듣고 고개를 끄덕였다.

"그렇지, 그러면 되겠네."

"아, 이 정도 그림이면 비단 치마 하나쯤은 사고도 남지."

인선은 놀란 눈으로 현감 부인을 바라보았다. 현감은 아버지의 친구다. 언제인가 길주를 잡아갈 때에도 집에 들렀던 분으로 사치를 하는 사람이 아니었다.

"치마 값 정도가 되겠습니까?"

인선의 물음에 현감 부인이 자신 있게 말했다.

"가치야 넘치지. 내가 관리의 아내가 아니라면 더 주고도 사겠네만, 관리의 아내가 너무 사치를 하면 안 되니까 적당하게 치마

한 벌 값으로 하세."

"저야 더 바랄 게 없습니다."

인선이 허락하자 부인들이 좋아했다. 특히 치마를 버려서 걱정
하던 가난한 양반집 부인은 고마워서 어쩔 줄을 몰랐다.

"고맙네, 고마워."

인선은 자기가 가진 재주로 가난한 부인을 도운 것이 기분 좋았
다. 글이나 그림을 돈 받고 파는 것이 싫었지만, 좋은 일에 쓰였으
니 되었다고 생각했다.

가을이 오고 경포대에는 스산한 바람과 함께 단풍이 붉게 물들
기 시작했다. 인선의 집에도 단풍이 들어서 오죽의 이파리를 빼고
는 모두가 울긋불긋하였다.

가을이 되면서 몸이 성치 않은 외할아버지께서 길 나설 채비를
했다. 어머니께서 외할아버지를 막아섰다.

"어디 가시게요?"

"오랜 친구를 보러 가야겠다."

"어디로요?"

"양양으로 가야겠다."

"몸도 편찮으시면서 양양까지 나들이를 가신다고요?"

"옛 친구를 좀 만나런다."

"수레나 가마를 준비할까요?"

"친구 만나러 가는데 가마는 무슨……. 그냥 천천히 걸어서 가련다."

"위험해서 아니 되겠습니다. 누구라도 붙여서……."

외할아버지와 어머니의 말을 듣던 인선이 달려왔다.

"제가 모시고 가겠습니다."

어머니께서 석연찮은 시선으로 인선을 돌아보았다.

"네가?"

"외할아버지 약하고 옷가지를 제게 주세요."

어머니는 외할아버지를 돌아보았다. 외할아버지가 고개를 끄덕였다.

"그래, 인선이 이 할애비랑 같이 가자꾸나."

외할아버지께서 고개를 끄덕였다. 어머니는 걱정되는 눈초리였으나, 외할아버지께서 쾌히 승낙하자 그냥 약첩과 옷가지를 챙기러 들어가셨다.

"그런데 너는 이번이 동네 밖 나들이가 처음이겠지?"

"예, 할아버지."

"좋은 경험이 될 게다. 과년한 여자들은 집 밖을 나서기가 쉽지 않지."

"네, 할아버지 덕분에 세상 나들이를 하게 되었어요."

"그다지 좋은 구경은 아니다. 할애비 옛 친구를 만나러 가는 길

104

이야."

"어느 길이든 다 좋아요."

인선은 들떠서 여장을 꾸렸다.

강릉에서 바닷가를 따라 가는 길은 높낮이가 심하지 않아 힘이
들지는 않았지만 구불구불 멀기도 했다. 외할아버지의 건강이 좋
지 않아서 아주 천천히 걷다 보니 반나절이면 갈 길을 하루 종일
걸어야 했다.

"얼마나 가야 해요?"

"백 리 길이다."

"멀기도 머네요."

"힘드냐?"

"저 말고 할아버지 힘드실까 걱정이에요. 전 삼백 리도 갈 수 있
어요."

반나절을 걷고 바닷가의 주막에 들러 국밥을 먹고 다시 걸었다.
바닷가에서 산으로 오르다가 다시 바닷가로 나서는 길이 이어진
곳곳에 마을들이 자리하고 있었다.

고깃배들이 즐비하고 여기저기서 그물을 깁는 어부들의 모습이
보이는 아름다운 어촌들이 많았다. 산언덕에는 작은 비탈밭들이

많았고 해송들로만 이루어진 숲길도 있었다.

"날이 많이 차가워졌어요."

인선은 외할아버지를 돌아보며 걱정스러운 표정으로 말했다.

"괜찮다. 이 나이 되도록 살면서 한겨울 길을 수도 없이 겪었다. 봄은 봄대로 좋고 여름은 여름대로 좋고 가을은 가을대로 좋지."

"겨울만 빼놓으시네요?"

"세상 만물 중에 겨울이 좋을 게 있겠느냐? 서리가 내리기 시작하면 사는 게 힘들어지는 건 사람이나 금수나 다 같지."

"그렇기는 하지만 겨울에도 땅 밑에서는 많은 생명이 숨죽이면서 살고 있고 동물들도 다들 미리미리 준비해서 겨울을 잘 지내고 있잖아요."

"그렇지. 하지만 목숨을 위협 받는 게 겨울이지."

"우리 동네에서는 잘 심지 않아서 보지는 못했지만, 보리는 겨울 내내 자란다고 들었어요."

"그야 우리 강릉은 추우니까 그렇지. 원래 남쪽의 따뜻한 고장에서는 가을에 추수를 일찍 끝낸 논에 보리를 심어서 겨울을 지내고 모내기 직전에 수확하기도 한단다. 하지만 추운 고장에서는 가능한 일이 아니지. 가을에 심어봐야 겨울에 다 얼어 죽으니 말이다."

"그래서 우리 동네는 더 가난한가요?"

"글쎄다. 농사가 잘되는 곳이 살기 편하고 농사를 짓기 어려운 곳이 더 살기 어렵고……. 그럴 것 같지는 않구나."

인선은 외할아버지께서 한숨을 내쉬며 말씀하시는 뜻을 이해하지 못했다.

"어째서 그런 말씀을 하세요? 소출이 많은 곳이 살기 더 편할 것 아니에요?"

"백성들이 그럴 리가 있느냐? 마을마다 수령을 잘 만나냐 잘못 만나냐에 따라서 사는 것도 편하냐 편하지 못하냐로 구분이 되는 게 작금의 조선이 처한 현실이란다."

인선은 외할아버지께서 나랏일을 그렇게 말씀하시는 게 처음이라 의아했다.

"서로서로 나누고 같이 살자고 들면 못살 것도 없다. 추운 곳은 추운 대로 살아갈 방법이 있고 더운 곳은 더운 대로 살아갈 방도가 있게 마련이지. 다만 살기 어려운 것은 잘못된 나라의 제도에 있고, 또 관리들의 부정이나 부자들의 욕심 때문에 살기 어렵지."

인선은 외할아버지의 말씀에서 문득 살아오시면서 후회되거나 아쉬운 것들이 많으셨구나 생각했다.

"이제 이 할애비도 늙어서 세상일에 나설 형편도 아니고……. 너희들이 살아갈 세상이 편하지는 않을 것 같아 걱정이다."

외할아버지는 언덕배기에 이르러 바다가 보이는 탁 트인 자리에 걸터앉아 한숨을 내쉬었다.

"잠시 쉬자꾸나."

인선은 외할아버지 옆에 앉아서 해안을 끼고 도는 숲길을 둘러보았다.

산에는 단풍이 물들기 시작했고 논에는 이제 푸른빛보다 노란빛이 많았다. 날이 빨리 추워져서 농사도 서둘러야 하는 곳이 이 지방이었다.

"네가 사내아이였으면 이 할애비가 세상에 나가서 세상을 위해 일하라고 했을 것이야. 너는 총명해서 이 할애비의 말을 곧잘 알아듣지 않니?"

어찌 들으면 잔인한 말씀을 생전 처음으로 대놓고 하셨다. 그러나 인선은 반발하지 않고 차분하게 자기 생각을 말했다.

"저는 사내가 아니므로 세상일에 직접 참여할 수도 없고 출세를 할 수도 없지만, 대신 제 남편도 사내일 것이고 제가 아들을 낳으면 아들도 사내일 것이니까 그 사내들이 세상에 나가서 출세도 하고 나랏일을 하도록 돕겠습니다."

외할아버지가 눈을 크게 뜨고 인선을 바라보았다.

"그러니까 결국 세상일에 아주 나서지 못하는 것은 아니지요."

인선은 야무지게 말했다.

"우리 손녀, 생각이 당차구나."

외할아버지는 흐뭇하게 웃으셨다.

어둑어둑해질 때가 되어서야 겨우 양양에 도착했다. 그리고 노을이 짙게 물드는 바닷가를 걷게 되었다. 멀리 바닷가 언덕 위에 봉수대가 보였다.

외할아버지는 봉수대를 향해 내처 걸어갔다.

"저기 봉수대로 가시는 건가요?"

"그렇단다."

"거기 누가 있나요?"

"봉수대를 관리하는 사람이 있지."

봉수대가 가까워지자 봉수대 아래쪽에 작은 오두막이 보였다. 작은 대문처럼 뚫린 공간을 통해서 보이는 오두막 주변은 나뭇단도 조금 쌓여 있고 아주 작은 텃밭도 보였다. 주변에는 울타리처럼 해당화가 가득했는데, 이제 막 잎이 시들어가고 있었다.

그리고 해당화 붉은 꽃잎을 하나씩 줍고 있는 한 노인이 보였다.

"봉수대 아래에 사람이 사네요?"

"이 할애비가 만나고 싶어 하던 친구란다."

외할아버지는 갑자기 기운이 나는지 성큼성큼 빠르게 걸어갔다. 인선도 외할아버지를 따라 오두막으로 향했다. 해당화 꽃잎을 줍던 노인이 흘끗 다가오는 두 사람을 돌아보았다. 그리고 동작을 멈추고 멀거니 바라보았다.

"오랜만일세, 이 친구야."

노인이 활짝 웃었다.

"이게 누구신가? 한동안 안 보여서 이 세상 작별했나 했더니 그

건 아닐세그려."

두 노인이 얼싸안고 반가워하는 사이, 인선은 쭈뼛대며 서 있을
수밖에 없었다.

"이 처자는……?"

노인이 외할아버지와 한동안 반가움에 얼싸안고 있다가 인선을
발견하고 물었다.

"내 외손녀일세."

인선은 그제야 허리를 굽히고 인사했다.

"인선이라고 합니다."

"내 몸이 시원치 않아서 길동무 겸 보호자로 데리고 왔다네."

"오호라, 여기까지 할애비 모시고 왔구나?"

노인은 오두막을 가리키며 앞장섰다.

"들어가세. 누추하지만 우리 셋이 먹고 쉴 만은 하네. 때마침 저
녁을 준비하던 중이었네."

외할아버지는 주변의 작은 밭을 둘러보다가 말했다.

"그 강냉이라는 것은 잘 자라던가?"

"말이라고 하시나? 강냉이로 끼니 때우는 맛이 그만일세."

오두막 안으로 들어서자 누추하기 짝이 없는 공간이 나타났다.
방과 부엌의 구분도 없고 그저 한쪽은 부엌이고 한쪽은 바닥을 약
간 높인 방구들이었다.

외할아버지는 그런데도 거침없이 구들 위로 올라가더니 자리를

차지하고 앉으며 한마디 했다.

"작년에 담근 강냉이술은 있는 게지?"

"이 사람이, 꼭 작년에 와서 보고 간 것마냥 말하네."

"자네가 술 안 담글 사람이 아니지 않은가? 강냉이술 담가보겠다고 몇 번이나 실패했으니 이제 제대로 담글 때도 되었지."

"사실 쌀이니 보리니 하는 것보다 이 지방에서는 강냉이가 그만일세. 자네가 나서서 주변에 많이 권하시게. 어쩌면 백성들 춘궁기 넘기는 데에 그만일 수도 있어."

"강냉이는 여름에 열리는 것 아닌가?"

"종자 남기면서 안 사실인데, 바싹 말려서 저장도 하고 또 가루를 내서 술도 담그고 여러 가지로 보관이 가능하다네."

인선은 구들에 걸터앉다가 그제야 문 옆쪽에 천장 높이로 가득히 메워진 책장의 책들을 보고 놀랐다. 다 쓰러져가는 오두막인데 책만은 벽 대신 버티고 있어주기라도 하듯이 빽빽했다.

인선은 자기도 모르게 몸을 일으켜 책장을 향해 걸어갔다. 낡고 오래되어 빛이 바랜 책들이지만 인선의 눈에는 하나하나가 모두 보물처럼 보였다.

"자네 손녀도 자네 닮아 책을 좋아하나보구먼."

"저 아이는 날 닮은 게 아니라 자기 애비를 닮은 걸세. 사위가 누군지 알지 않은가?"

"알지, 내 신세가 이래서 혼인 때 가보지는 못했지만 모르지는 않지."

노인은 부엌 구석에 자리 잡고 있는 커다란 항아리 하나로 가서 바가지로 술을 떴다.

"그게 술독인가? 어째 쌀독보다 크네."

"쌀독이 아니라 강냉이독일세. 여기 쌀농사 지을 자리가 있어야 쌀독이 있지."

술 바가지를 들고 돌아서던 노인이 난처한 표정을 지었다.

"어헛, 그런데 자네 손녀 먹일 양식이 없네."

"강냉이 있다면서?"

"그게 강냉이만으로 해야 하니······."

노인은 다시 부엌으로 가며 중얼거렸다.

"생선 말린 게 좀 남아는 있지. 술안주로 좋은데, 아이는 뭘 줘야 좋아하려나."

인선이 봇짐을 찾았다. 봇짐에 쌀이 있다. 집을 나설 때에 외할아버지와 인선이 반 정도씩 나누어서 메고 왔다.

"인선아."

봇짐에서 쌀을 꺼내려는데 외할아버지가 지그시 인선을 불렀다. 인선이 쳐다보는데, 외할아버지 눈빛이 만류하는 눈빛이다.

"할아버님, 전 구수한 강냉이죽을 잘 먹어요."

인선은 얼른 봇짐을 도로 밀어두고 부엌의 노인에게 말했다. 노인이 부엌에서 의외라는 듯한 표정으로 인선을 돌아보았다.

"된장 풀어서 끓인 구수한 강냉이죽이 좋아요."

"그러냐?"

노인이 헤벌쭉 웃었다.

"그럼 강냉이죽을 끓여주마."

인선은 강냉이죽을 먹고 외할아버지와 노인은 말린 생선을 안주로 강냉이술을 마시기 시작했다. 노인은 봉수대 생활에 대해서 끝없이 되도 않는 자랑을 늘어놓았다.

"여기 봉수대에서 밤하늘을 바라보면 캬아, 그야말로 별들이 내 머리 위에 있는 게 아니라 내 눈앞에도 있고 내 뒤통수에도 있고 내 발 아래에도 있다는 말일세."

벌컥벌컥 독한 술을 잘도 마셨다.

"게다가 가끔씩은 수평선 아래로까지 별이 내려와서는 먹을 감는 것이 보여요. 이게 내 착각인가 싶기도 하지만, 매일 그걸 보다 보니 이게 이제 믿어지더라는 말이야."

외할아버지는 그저 웃었다. 노인은 떠들고 외할아버지는 웃는 모습을 보다가 창 아래에 이불을 덮고 누워서 잠을 청했다.

그나저나 이불 한 채뿐인 것 같은데 외할아버지랑 저 할아버지는 무얼 덮고 주무시나.

잠결에 두런두런 말소리가 끊이지 않고 들렸다.

- 그때 자네는 참 결기가 있었네.

- 결기는 무슨……, 그냥 휩쓸린 것이지.

- 그래도 목숨 건진 게 어디인가. 죽기도 많이 죽지 않았나. 맞아서 죽고, 주리를 틀려서 죽고…….

- 자네가 하마터면 내 신세가 될 뻔했지?

- 나야 한 일도 없고 할 일도 없는 그저 한량이었는데 죽을 가치라도 있던가?

- 예끼, 이 사람아. 나처럼 귀양 와서 이 울타리 안에 갇힌 채로 평생 보내보게. 그런 말이 나오나? 누가 나 좀 별일 없는 미물로 봐주었으면 싶지.

하하하. 웃음소리가 들려왔다. 아마도 집 밖의 담벼락에 앉아서 이야기를 나누는 듯하다.

- 나도 이제 또 찾아오기 힘들 것 같네.

- 몸이 많이 편찮으신가?

- 그렇게 되었네. 늙은 게지.

- 그래도 저렇게 똑똑한 손녀도 두고, 뭐 여한은 없겠네.

- 응. 사내아이였으면 좋을 아이지.

- 임금이 바뀌었으니 세상이 좀 나아졌던가?

- 나아지기야 했지. 고달픈 백성들이야 여전히 고달프지만…….

- 자네는 여전히 책에 파묻혀 지내는가?

- 이제는 눈이 아파서 책 읽기도 수월치가 않네. 자네는?

- 나야 안 보아도 다 본 거나 같지. 하도 보고 또 보다 보니 이제 놓인 상태로만 보아도 내용이 머릿속에서 떠다닌다네.

하하하. 외할아버지는 즐거우신 듯 자주 웃으셨다. 그렇게 외할 아버지의 웃음소리를 들으며 다시 잠이 들었다.

아침에 일찍 다시 돌아갈 채비를 했다. 외할아버지도 인선도 봇 짐이 가벼워졌다. 오랜만에 오두막의 강냉이독은 쌀독이 되었다.

인사를 드리고 오두막을 나서서 봉수대를 뒤로하고 걷는데 외 할아버지께서 물으셨다.

"어떻더냐?"

"뭐가요?"

"강냉이죽 말이다."

외할아버지께서는 재미있다는 듯이 웃으셨다.

"된장을 넣으니까 괜찮았어요."

"된장 생각은 어찌 했고?"

"그냥 된장을 넣으면 그 맛으로 먹을 수도 있을 거라고 생각했 어요."

"그래, 잘했다."

외할아버지는 웃으면서 고개를 끄덕였다. 사실 인선은 강냉이죽이 처음이었다. 그래서 강냉이죽에 된장을 넣는지 안 넣는지도 몰랐다. 다만 이왕 강냉이죽을 먹어야 한다면 된장이라도 풀어서 끓이면 다른 반찬이 없어도 먹을 수 있지 않을까 싶었을 뿐이다.

"네 속 깊은 걸 할애비 친구도 알더구나."

"네? 다 아셨다고요? 맛있게 먹었는데……."

"보기에 맛있게 먹어 보이려고 애썼지?"

아, 티가 났던 모양이구나.

"그래도 참 대견스럽게 생각하는 것 같았다."

외할아버지는 인선을 돌아보며 자꾸 웃었다.

"이 할애비 나이가 되면 자꾸 만나고 싶은 사람들이 생긴단다. 이제 이 세상에 없는 사람은 어쩔 수 없지만 그렇지 않은 사람에게는 항시 이제 마지막일지도 모르니 만나야지, 이번에 안 보면 못 볼 수도 있으니 보러 가야지, 그렇게 되고는 하지."

인선은 목이 꽉 막혀서 아무 대꾸도 하지 못했다.

"너를 굳이 데리고 나선 것은 네가 세상 나들이를 한번 해보는 것이 좋기도 하지만, 그보다도 이 할애비가 이제 기력이 쇠해서 자리에 누우면 영영 못 일어날 것만 같으니……."

"할아버지."

인선은 외할아버지가 하시는 말씀이 싫었다.

"더 쇠약해지기 전에 너와 나들이 길이라도 나서서 그 기억을 안고 가려고 했다."

116

"할아버지는 아직 건강하시잖아요? 그냥 조금 힘이 약해지신 것뿐이에요."

"아니다, 인선아. 누가 있어 서산에 지는 해를 붙잡겠느냐? 그저 순리대로 따르는 게 맞지."

외할아버지는 이제 막 떠오르는 해를 바라보며 말했다.

"좋은 날도 참 많았단다. 방금 네가 만난 저 친구도 젊고 이 할애비도 젊었지. 만나기만 하면 밤이 새도록 서로 토론을 하고 시를 읊다가 해가 떠올라야 일어나고는 했다. 좋은 날들이었지."

"그런데 저 할아버님은 무슨 죄를 지으셔서 저렇게……."

"봉수대를 지키며 살게 되었느냐고?"

"네."

가끔씩 강릉으로 귀양 오는 사람을 보았지만 봉수대를 지키는 사람을 보는 건 처음이었다.

"임금의 기분을 상하게 했지. 임금께 이러면 아니 되옵니다, 저러면 아니 되옵니다. 허구한 날 입만 열면 바른 소리를 해대다가 거의 목숨을 잃을 뻔했지."

"그럼 임금님 명으로 저기서 봉수대를 지키고 계신 건가요?"

"그래. 원래는 봉수대를 지키는 병사들이 있었는데 병사들을 줄이고 파발로 바꾸면서 저 친구에게 저기 살면서 봉수대를 관리하도록 했지."

"그렇게 가두어두면서도 그런 일을 시켰는데, 하고 있으신 거네요."

"보람되고 좋은 일을 맡았다고 좋아했단다."

인선은 무언가 형용할 수 없는 감동을 느꼈다. 외할아버지의 친구분이니 당연히 흉악한 죄를 범해서 갇힌 것은 아니리라 짐작했다. 하지만 충언을 했다고 미워하고 귀양살이까지 보냈는데, 그럼에도 불구하고 나랏일을 하는 것이 기쁘다니.

게다가 강냉이라는 것으로 백성들 배부르게 먹일 수 없을까 연구하면서 지내시다니. 정말 선비가 어떻게 살아가는지를 그 할아버지께서 보여주시는 듯했다.

"좋구나, 오랜만에 친구와 잔치를 벌였으니."

외할아버지는 길을 가다가 말고 서서 밝게 빛나는 햇살을 마주하고 흐뭇하게 웃으셨다. 인선도 외할아버지의 그런 모습을 바라보며 기분이 좋았다.

외할아버지에게는 오두막에서 친구 분과 마시던 강냉이술이 잔치 술이었구나.

7. 사임당師任堂

끝났구나. 형체를 세상에 붙임이 다시 몇 때나 되겠는가. 어찌 마음에 끌려가고 머무는 것을 자연에 맡기지 않는가. 어찌 황황히 가고자 하는가. 부귀는 나의 원하는 것이 아니며, 선국은 기약하지 못하리라. 좋은 시절을 알아서 혼자서 가고, 혹은 지팡이를 세워 밭에 김매고 흙을 북돋운다. 동쪽 언덕에 올라 노래를 부르고, 청류에 임하여 시를 짓는다. 얼마 동안 자연의 조화를 따르다가 마침내 돌아가면 되는 것이니, 천명을 즐기면 되었지 다시 무엇을 의심하랴.

강릉에 겨울이 왔다. 바닷가여서 바람이 세차지만 그다지 춥지는 않다. 겨울이 남쪽보다 빨리 오는 대신 혹독한 겨울은 아니다.

그래서 눈이 내리면서 아직 단풍이 버티고 있는 경우도 종종 볼수 있다. 눈 속의 단풍은 그 붉은빛이 흰 눈에 어려서 더욱 붉고 아름답다.

이사온은 단풍이 가득 물든 별채에 누워서 진땀을 흘렸다. 노구에 다가온 죽음의 그림자는 어렵지도 않고 고통도 없이 그냥 힘이 빠지면서 시작되었다.

그렇게 이틀이 지난 후에는, 이제 정리해야 한다 싶어 인선을 시켜서 사위를 불러 앉혔다. 모두를 나가게 하고 사위를 곁에 가까이 앉히고 마른침을 삼켰다.

"이보게, 이제 내가 가야 할 때가 된 것 같네."

"장인어른, 어쩌다 한번 몸져누우신 것을 가지고 비약이 심하십니다."

"어헛, 이 사람. 총명한 사람이 알면서 그러는가?"

"무얼 안다는 말입니까? 장인어른이야말로 총기가 전혀 흐려지시지도 않았으면서 왜 그런 말씀을 하십니까?"

허허. 이사온은 그냥 웃어버렸다.

"이보게, 명화."

친구처럼 불렀다.

"내 자네의 중심은 예전부터 알았네. 그 당시에는 섭섭하기도 했지만, 지나고 되씹으면서 역시 내 사위구나 했지."

"어느 때 말씀이십니까?"

"내가 친구한테 한 약속을 지키지 못하게 되어서 자네한테 핑계를 대서 서신을 전하려고 했었지, 아마?"

아, 그런 일이 있었지. 그때 일이 섭섭하셨구나. 신명화는 죄송스러워서 고개를 숙였다.

"죄송합니다."

"죄송은 무슨……. 그때 거짓 핑계는 댈 수 없습니다, 한마디로 거절하고 내 노여움을 받아들이는 자네를 보면서 참 좋았지. 오랜 벗으로 자네만 한 사람이 있겠는가."

"저 또한 장인어른 덕에 세상살이가 쏠쏠합니다. 부디 오래 사셔서……."

주책없이 눈물이 나올 것 같아서 얼른 고개를 들어 서까래를 올려다보았다.

"고맙네."

진짜 눈물이 나올 것만 같다. 앓아누운 분 앞에서 이러면 안 되는데.

"내 박덕해서 후사가 없었는데 자네가 와서 그 노릇을 대신 해주었지. 그런데 자네마저 후사를 챙기지 못하고 딸만 두고 지내니⋯⋯."

"그야⋯⋯."

막상 장인께서 앓아누우니 신명화로서도 어찌해야 할지 걱정이었다. 시묘는 아들이 해야 떳떳한데.

"그런데도 자네는 후처를 들이지 않고 오로지 내 딸아이만 사랑해주었으니 그 고마움을 내 뭐라고 표현하겠는가. 오직 아내 한 사람만 죽어라 사랑하니, 그러고 보면 자네도 참 팔불출일세."

"그러시는 장인어른도 나을 것은 없습니다."

서로 마주보고 힘없이 웃었다. 웃는데 찔끔 눈물이 새어나와서 당황했다.

"아, 그나저나 탕약이⋯⋯."

신명화가 일어나려는데 이사온이 그 손을 움켜잡았다.

"이 사람, 이제 그만 놓아주시게."

"장인어른."

"조용히 가고 싶네. 장례는 거하게 치르지 마시게. 가을걷이로 다들 바쁘지 않은가. 죽은 사람이 산 사람들 괴롭혀서야 쓰겠는가."

신명화는 결국 아이처럼 주먹으로 눈물을 훔치며 울고 말았다.

122

그날 밤, 인선은 종잇장처럼 얇아진 외할아버지의 손을 잡았다. 외할아버지는 이제 힘이 없으면서도 인자하게 웃으면서 인선을 바라보았다.

"아픈 봄날이면 들꽃을 보려무나. 누가 가꾸어주지 않아도 한껏 피어나지 않더냐. 힘이 드는 여름날에는 푸른 숲을 보려무나. 막을 수도 말릴 수도 없이 제 힘으로 울창해지지 않더냐. 겨울에는 얼어붙은 나무들을 보면서 이겨내거라. 서리도 내리고 찬바람도 불지만 얼음 박인 몸뚱어리로 꿋꿋하게 시절을 이겨내지 않던? 인선아, 너도 그렇게 살아가거라. 이 할애비가 다 두고 가도 가슴이 저리지 않는데, 너와의 이별만은 슬프구나."

인선은 할아버지의 손을 잡고 울었다. 처음으로 깨닫게 된 너무나 자명한 사실이다. 누구나 생명이 다하면 죽어야 하고, 죽는다는 것이 남의 일이 아니라는 자각에 몸을 떨었다.

어려서부터 외할아버지에게서 세상을 배우고 시서화를 배웠다. 외할아버지로 인하여 옳고 그른 것을 판단하게 되었고 정결함과 당당함을 깨우쳤다.

마지막으로 언젠가는 이 세상의 모든 사랑스러운 상대가 소멸한다는 진리를 깨달았다.

이사온은 자면서 곱게 숨을 거두었다. 고통도 없었고 보기 흉하게 오물을 지리지도 않았다. 그저 편안하게 잠이 든 상태로 세상을 떠났다.

"이제 이 별채는 네가 쓰거라."

장례가 끝나고 얼마 되지 않아서 어머니는 인선을 외할아버지께서 사용하시던 별채로 데리고 가서 말했다.

"제가 이 좋은 별채를 사용해요?"

"어차피 늘 네가 외할아버지와 함께 여기서 쓰고 그리고 읽었지 않니?"

"그래도 아버지도 계신데 제가 어찌……."

"너희 아버지께서도 허락하신 일이다."

인선은 별채를 바라보았다. 별채라고 하지만, 커다란 전각 하나로 이루어져 있으니 별당이라고 해도 좋았다. 물끄러미 바라보는데 어머니께서 다시 말씀하신다.

"별채 이름은 네 마음대로 정해도 좋다. 멋지게 지어서 네 스스로 써다가 붙이려무나."

인선은 문득 얼마 전에 읽은 《사기》에 나오는 현모양처의 이름이 생각났다. 주나라를 세운 문왕의 어머니 태임. 어질고 훌륭한 임금을 그렇게 잘 키워낸 분이어서 마음에 들었었다.

태임을 스승으로 모신다는 뜻으로 사임당(師任堂)으로 지으면 어떨까 싶었다.

"사임당으로 짓겠습니다, 어머니."

124

"사임당?"

"주나라 임금 문왕을 키워내신 훌륭한 분이거든요. 그분을 스승으로 모시고 공부한다는 의미로 그렇게 지을까 해요."

"그러렴. 당호가 근사하구나."

어머니는 쾌히 승낙해주셨다. 그렇게 해서 인선은 외할아버지의 추억이 깃든 별채를 사임당이라 이름 짓고 그곳에서 공부를 계속하게 되었다.

신명화는 장례를 치르고 다시 한양으로 향했다. 그리고 한양에 머물면서 여전히 사림의 선후배들과 어울렸다. 시국을 논하고 학문을 논하는 것이 살맛나서 아내와 딸들이 그리워도 어쩔 수가 없었다.

그렇게 봄이 지나고 어느 여름날, 장인어른에 이어서 장모께서도 몸져누우셨다는 소식을 들었다. 신명화는 스스로에게 깜짝 놀랐다.

이게 무슨 일인가. 도대체 이 쓸모없는 녀석은 뭐하는 놈인가. 홀몸이 되셨으니 기력이 쇠하시는 게 당연하고, 집 안에 남자라고는 없이 아내 혼자 병간을 하고 있을 터인데 사내라는 작자가 그저 어울려 풍월이나 읊다니.

그는 마음이 급해져서 허겁지겁 길 떠날 채비를 했다. 떠나려는 그를 어머님이 말렸다.

"아니 된다. 지금 강원도 지방은 난리가 났다고 한다."

"난리라니요?"

"역병이 돌아서 사람이 한둘 죽어나가는 게 아니라고 하더라."

"역병은 난리가 아닙니다. 나라에서 조처를 하겠지요. 역병에 대고 제가 할 수 있는 게 있겠습니까? 저는 어서 처가에 가야겠습니다."

"길에서 죽을 작정이냐?"

신명화는 그제야 어머님의 뜻을 깨닫고 멍하니 어머니의 얼굴을 바라보았다.

"역병이 사그라지고 가도 늦지 않다."

"어머니, 죄송합니다."

신명화는 어머니께 절을 올렸다. 가야 한다는 뜻이다. 당연히 가야 했다. 이럴 때에 아내 혼자 두고 목숨을 아껴 주저앉는다는 건 아내에 대한 배신이라 여겼다.

"그 사람 혼자 감당하라고 할 수는 없습니다. 다녀오겠습니다."

어머니는 노여워서 아무 대꾸도 하지 않으셨다.

"같이 가시지요."

운도 아범이 행장을 꾸리고 나왔다.

"일없네. 혼자 가겠네."

"이 뜨거운 날에 역병까지 도니 혼자는 못 가십니다요."

"겨울 산이 무섭지 여름 산이 뭐가 무섭겠나? 어머님 잘 모시고 있으시게."

"역병이 도는데……."

"그러니 하나라도 덜 가야지."

운도 아범이 길섶까지 따라나선다.

"아무래도 소인이……."

"이 사람, 왜 이리 고집이신가?"

화를 벌컥 냈다. 사실 역병에 집안사람을 데리고 나서서 같이 위험하게 하고 싶지 않았다. 꼭 가야 할 사람이나 가지, 무엇하러 아랫사람까지 순장을 시키려 드나.

"들어가서 일 보시게."

운도 아범이 걱정스럽게 바라보는 가운데 길을 떠났다.

한여름의 땡볕을 무릅쓰고 여주를 지나는데 역병이 창궐해서 난리가 아니었다. 장마철에 물난리가 나더니 그 때문에 역병이 돈 듯하다.

뜨거운 여름날이니 방역이 부실할 수밖에 없다. 그러거나 말거나 서둘러 원주쯤 가는데 마주친 봇짐장수가 전하는 말이, 장모님께서 이미 돌아가셨다는 것이다.

이런! 이런 변고가 있나!

더욱더 바쁘게 길을 서둘렀다. 한여름 뙤약볕 때문에 매일같이

땀을 한 바가지씩 흘리면서 걸었다. 그리고 어느 결엔가 걸음걸이가 약간씩 비칠대는 느낌이다.

'안되겠구나. 오늘은 낮 동안 쉬었다가 가야겠다.'

그렇게 마음먹고 주막에 들어갔다. 주막에 들어가서 자리에 눕자마자 식사도 거르고 내처 잠을 잤다. 비몽사몽간에 자는 듯 깨는 듯하더니 햇살에 눈이 부시다.

이게 어찌 된 일인가.

눈을 뜨고 보니 장정이 몇 명 서 있고 자신은 평상에 누워 있다.

"무슨 일이오? 내가 왜……?"

"모르시오? 선비님은 어제 낮부터 이제까지 내처 끙끙 앓더니 마침내 각혈을 해가지고설랑 우리가 밖으로 내어왔소."

황당한 일이었다.

"그, 그랬소?"

"그래서 들것을 가져왔으니 관에서 차린 검역소로 모시겠소."

"아, 아니. 그럴 수 없소."

신명화는 벌떡 일어나서 자기 행장을 찾았다.

"나는 역병이 아니라 지병이오. 이제 이 고장을 떠날 것이니 관여하지 마시오."

장정들은 서로 눈치를 보며 망설였다.

"정말이오. 나는 역병이 아니오. 이제 가리다."

신명화는 비칠대면서도 서둘러 주막을 나섰다. 그런데 안에서 어느 여인네의 목소리가 들려왔다.

"그냥 가시면 얼마 못 가십니다. 먹을 거라도 넘기고 가셔야지요."

돌아보니 주모가 마루에 밥상을 차리고 있었다.

"뜨거운 죽이 몸을 풀어줄 겁니다. 일단 드셔요. 드실 수 있으면 가실 수도 있습니다."

"오, 그럽시다."

신명화는 마루로 올라앉았다가 슬며시 장정들을 돌아보았다.

"그런데…… 형씨들, 부탁이 있소."

장정들이 뚱하니 바라보았다.

"내 대관령을 넘어야 하는데 수레라도 구해서 나를 넘겨줄 사람 없소?"

"수레로 대관령을?"

"그러기에는 좀 멀고 험한뎁쇼?"

"내 두둑이 내겠소. 좀 도와주시오. 내가 장모님 상을 당했는데 여기서 이러고 있다오."

"장모님이라면 아들들이 상주 맡아서 잘 지내고 있을 터인데……."

"아, 선비님까지 같이 목숨을 걸 이유가 있으십니까?"

"사정이 다르다오. 처가에 남자라고는 나 하나라오."

그제야 장정들이 신명화가 부득불 가려는 이유를 알았다. 그리고 기꺼이 데려다주겠다고 했다.

죽은 대강 입에 넣다가 게워버리고 말았다. 주모가 못 간다고 말렸지만 소용없었다.

장정들이 가마 대신 작은 수레 하나를 구해서 그 위에 차일을 치고 신명화를 눕힌 다음, 장정 넷이 밀고 끌며 가기로 했다.

"고맙소. 정말 고맙소."

신명화는 수레 위에서 다시 정신을 잃었다.

강릉에 여름 장마가 시작되었다. 억수같이 퍼붓는 빗속을 뚫고 신명화를 실은 수레가 당도했다. 이미 초상집인데 신명화까지 그 상태로 집에 돌아오자, 집안은 그야말로 난리가 터진 듯했다.

아내의 얼굴을 보고 왈칵 눈물이 쏟아졌다.

"미안하오."

아내도 울었다. 옆에서 인선도 아래 애들도 운다. 안되겠다 싶어서 몸을 일으키려고 했지만, 도무지 몸이 말을 듣지 않는다.

"어서 안으로 들어갑시다."

하인들이 안방으로 들어다 눕혔다. 안방에 드러누워서 가물가물하다가 다시 정신을 잃었다.

잠결에 번개가 치고 뇌성이 우는 듯하다. 빗소리가 세차더니 이내 잠잠해진다. 이승인지 저승인지 모를 사위를 헤매면서 오직 그

130

리운 건 아내, 아내의 목소리, 향기, 따스하던 눈길.

눈을 번쩍 뜨고 보니 날이 밝았다.

뒷마당 쪽으로 열어놓은 문으로 제법 선선한 바람이 불어왔다. 상체를 일으키는데 아내가 탕약 그릇을 올린 소반을 들고 방으로 들어섰다.

소반을 내려놓는데 보니 한 손에 면포를 감았다.

"깨어나셨군요."

아내는 소반 앞에 앉아 활짝 웃었다.

"저승이 멀지 않았는데, 내 당신이 보고파서 도저히 발길이 떨어지지 않더이다."

"당신다워요. 살아나자마자 농을 하시니."

"그런데……."

신명화는 아내의 손을 바라보았다.

"손이 왜 그렇소?"

"별것 아닙니다. 당신 아픈 바람에 경황이 없어서 조금 다쳤어요."

"면포 감은 것을 보니 심한 듯하오."

"아니라니까요."

아내는 한사코 손을 감추면서 물러났다. 더는 실랑이를 하지 않고 그냥 일어나 앉아 탕약을 마셨다.

"오랜만에 허기가 다 지는구려."

아내가 좋아서 달려나갔다.

"우선 미음을 가져올게요."

병석에서 며칠이 지난 후에야 아내의 손가락 두 마디가 사라진 것을 알았다.

"어찌 그리 미련할 수가 있소? 나 아픈 데에 당신 손가락이 무슨 효험이 있답디까?"

곱디곱던 아내의 손가락이 없어졌다는 사실에 울화가 치밀었다. 게다가 아내의 대꾸는 더 기가 막혔다.

"당신한테 미안해요. 하지만 달리 할 수 있는 게 없었어요."

목이 콱 막혀서 아무 말도 하지 못했다. 그래도 아내는 마냥 좋은지 병석에 비스듬히 앉은 그에게 기대오면서 헤죽헤죽 웃었다.

8. 이원수李元秀

스승은 옥에 갇힌 제자를 두고 이렇게 말했다.

"딸을 맡길 만하다. 그이가 만일 옥에 갇혔다면 자신의 잘못
으로 그렇게 되지는 않았을 것이다."

한양에서 파주는 그다지 먼 거리가 아니었다. 그러나 한양에 비해 겨울이 유독 춥고 바람에 비해 해는 들지 않는 한천(寒川)의 땅이었다.

덕형(德亨)은 노을빛이 비껴들고 찬바람이 오금을 저리게 하는 초겨울의 강가를 거슬러 오르고 있었다. 춥고 허기졌지만 그런 따위는 고통도 아니었다.

좋은 일이라고는 없는 시절이었다.

과거에는 연속 낙방해서 명문가의 후예라는 허울 좋은 명색은 오히려 그를 자괴감에 빠지게 했고, 가세는 끝도 없이 기울어서 변변한 소출도 없었다.

말이 가문이고 양반이지 내세울 거라고는 먼 선대의 영화일 뿐이고, 그나마 5촌 당숙이 고위관료여서 남들 앞에서 말을 붙여볼 만은 하였다.

아무리 양반이라도 목구멍이 포도청이라, 어머니는 저잣거리에 떡집을 차렸다. 그리고 떡을 만들어 내다 팔기도 하고 잔칫집에서 주문 받아 떡을 해주면서 살림에 보탰다.

과거에 낙방하고 멀고 먼 길을 행자도 수행하지 못하고 혼자 걸어서 귀가한 덕형에게 그의 어머니는 과거 이야기는 쏙 빼고 엉뚱한 말을 전했다.

"강릉에서 찾아왔더라."

난데없는 강릉이라니. 강릉에는 일가친척은 고사하고 먼 친구 하나 없다.

"강릉에서 누가 말입니까?"

"난들 아니? 만나보려무나."

어머니는 천연덕스럽게 말을 전하고 부엌으로 들어가버렸다.

동네 입구에 있는 오래된 주막은 이제 확연히 어두워진 길섶에 풍등을 세워놓고 장사가 한창이었다. 북쪽에서 한양으로 향하는 장사치들이나 여행객들이 가뭄에 콩 나듯 머무는 곳이다.

주막으로 들어서서 주모에게 자신을 찾는 이가 누구인가 묻는데, 뒤쪽 방문 하나가 벌컥 열리면서 비쩍 마른 노인네가 곰살궂게 웃는다.

"성함이 이원수 맞으시면 이리 오시구려."

쳐다보니 모르는 얼굴이다. 게다가 상대도 자신을 모르니 초면이 확실하다.

"뉘신데 저를……."

"나는 강릉에서 온 이헌이라는 사람이올시다. 일단 들어와서 이야기합시다."

덕형이 방 안으로 들어서는데, 이헌이라는 상대는 주모에게 큰 소리로 주안상을 거하게 들이라고 했다.

"초면에……."

덕형은 들어섰지만 앉지는 않고 중얼거렸다. 술값은 네가 내라는 뜻이다.

"염려 마시고 거하게 마셔봅시다. 나를 보낸 분이 일 성사시키라고 두둑이 쥐어주었소. 그뿐 아니라 선비께서도 일간 강릉에 들르시라고 여비를 보내셨다오."

"도대체 무슨 말씀이십니까?"

밑도 끝도 없이 술상에 여비는 또 무언가. 덕형은 자리에 앉으면서 이헌을 쳐다보았다. 무얼 하는 작자일까.

"술상 들일 동안 우선 이 그림들 좀 보시려오?"

이헌은 몇 장의 산수화를 앞에 펼쳐놓았다. 슬쩍 보니 보통 솜씨가 아니다. 그림 장수인가? 그렇다면 번지수가 틀렸다. 그림이라는 게 있으면 팔아서 쌀과 바꾸어야 할 지경이다.

"어떻소?"

"흠, 훌륭하오만 내 처지가 그림이나 감상할 처지가 아니어서……."

"이 그림을 그린 처자라면 어떻소?"

이헌의 말에 그제야 멈칫 놀랐다.

"강릉 땅 사시는 신 진사댁에서 나를 보냈소. 선비님께 중신을

136

좀 넣어달라고 말이오."

"나를 어찌 알고……."

"함자가 신명화인데 들어본 적 없으시오?"

아무리 생각해도 강릉에는 아는 사람이 없다.

"강릉이라니까 다른 생각을 하시나본데, 혹시 한양 계실 적에
정암 선생과 만나신 적이 있지요?"

아, 불현듯 생각나는 일이 있다. 그러나 그리 기분 좋은 기억은
아니다.

"몇 년 전에 우연히……. 깊지는 않소이다."

인연이나 관계가 정암 선생과 깊지는 않다는 말이다. 이미 지난
일이지만 세월이 흐른 것도 아니어서 연루되어 좋을 것이 없다.

"그때 선비님을 눈여겨본 사람이 있으니, 바로 신 진사님이시지
요. 신 진사댁 가풍으로 보자면 신숭겸의 후손으로……."

"아는 분입니다."

말을 잘랐다. 가문 이야기라면 이제 진저리가 난다. 명문가의 후
손이라서 과거에 떨어지고 동네로 돌아올 때면 눈초리가 속을 뒤
집는다.

"아하, 이제 확실히 생각이 나셨구만."

이헌은 서찰을 꺼내 술상 위에 놓았다.

느닷없이 이런 서찰을 보내는 것을 이해해주시오. 그래도 아주 생면부

지는 아니니, 실례를 무릅쓰고 사람을 보내게 되었소. 내 처음 보았을 때부터 마음에 둔 바가 있었으나 시절이 하수상하여 뜻을 이루지 못하다가, 이제야 말을 붙이니 부디 외면하지 마시고 일간 강릉으로 들러주시면 고맙겠소. 자세한 이야기는 서로 마주 앉아 하기로 합시다.

강릉 가는 길은 그다지 내키지는 않았으나 그렇다고 해서 그다지 나쁘지도 않았다. 여비까지 보내주었으니 유람 삼아 가볼 만도 했다.

그림 잘 그리는 규수라. 평소 시화 좋아하는 덕형으로서는 마음이 기우는 것도 사실이다. 게다가 신명화라면 장인으로 모시기에 그 인품이 그만이다.

처음에 몰랐던 것은 신명화가 강릉 사람인 줄을 몰라서였다. 신숭겸의 후손이니 당연히 평산 사람인 줄 알았다. 높은 벼슬에 있는 사람은 아니고 그저 사림의 선배인데, 언행이 부드럽고 격의가 없으면서도 결론은 항상 단호했다.

벌써 오래전 일이고 덕형 자신이 너무 어려서 그저 어른들 이야기나 귓등으로 들을 정도였는데, 효심이 대단하고 기묘사화로 인해 벼슬을 포기한 것으로 들었다. 벼슬에 나오라고 해도 거절하고 진사로 지냈는데, 한양에 많이 머무르니 오가는 길이 강릉인지 몰랐다.

여하튼 항시 머무는 사림의 서원에서 인사나 나누는 정도였지만 내심 친해지고 싶기도 한 사람이었다. 그런 사람이라면 혹여 혼사가 아니더라도 초대에 응하는 것이 나쁘지 않았다.

그나저나 강릉은 대관령을 넘는다는데, 먼 길을 가보지 않아서 어떨지가 걱정이었다. 이헌이 안내하니 길 걱정은 없었지만 여정이 그리 쉽지는 않을 것 같았다.

겨울이 막 들어서는 탓으로 춥기도 추울 것인데, 이헌의 말로는 '파주보다 춥기야 하겠는가'였다. 그런데 막상 원주를 지나자 지독시리 추웠다.

"허어, 올해는 부쩍 일찍 추워지네."

이헌은 앞서 걸으며 연신 덕형의 눈치를 보았다.

"산이 높으니 춥겠지요. 견딜 만합니다."

이헌의 마음을 편하게 해주면서 내심 추위를 참고 대관령을 넘었다.

"어떠시오?"

대관령을 넘어서 멀리 동해가 보이자 이헌이 그제야 편안한 표정으로 덕형을 돌아보았다.

"근사합니다. 좋은 고장이로군요."

덕형도 대관령 너머의 풍치가 마음에 들었다.

다음 날, 강릉의 주막에 들어서 여장을 풀고 신명화를 기다렸다.

미리 기별이 있었는지 주막에서도 대접이 극진했다. 그리고 저녁 무렵이 되자 이헌을 앞세우고 신명화가 도착했다.

덕형은 큰절을 올렸다.

"후학말도를 이렇게 불러주시고 대접해주시니 몸 둘 바를 모르겠습니다."

신명화는 앉아서 맞절을 하며 흐뭇해했다.

"내 청을 거절하지 않고 와주어서 고맙기만 하오."

"말씀 낮추십시오. 많이 거북스럽습니다."

이헌이 옆에서 끼어들었다.

"진사님은 진사님댁 하인들뿐 아니라 동네 머슴들에게도 하대를 하지 않으시는 분입니다."

"그래도 사위에게야 어떻습니까?"

덕형은 단도직입적으로 속내를 내놓았다. 사실 혼례를 덥석 받아들이는 것이 부끄럽기는 해도, 혼담이 마음에 들어 여기까지 오지 않았는가.

어허허. 신명화는 얼굴을 붉히며 좋아했다.

"무슨 일이든 서둘러 좋을 일은 없지만, 혼사만큼은 끌어서 좋을 게 없다는 것이 내 생각일세. 내 나름대로 살아오면서 느낀 거네만 모든 좋은 일은 서두르지 않으면 혼탁이 끼는 법일세."

덕형이 말없이 고개를 숙였다.

140

"서두름이 내키지 않는가?"

신명화가 조심스럽게 물었다.

"그게 아니라 소생이 가진 것이 형편없어서 어르신께서 남부끄러울까 걱정입니다."

"무슨 말을 그렇게 하는가. 우리 집안 역시 내세울 거라고는 덜렁 집 한 채밖에 없네. 그래도 선비가 어찌 없는 것을 누추하다 여기겠는가."

"때마침 과거에 낙방하여 면목이 없습니다."

"벼슬을 탐하면 화가 오네. 내가 일찍이 벼슬을 마다하고 들어 앉은 것이 제수된 현량이 모자란 자리라서가 아니라 권세가 사람을 망가뜨리는 걸 여러 번 보아서일세."

신명화가 기묘사화를 겪고 다시는 벼슬을 쳐다보지 않은 건 덕형도 잘 알고 있는 일이다.

"그러니 마음에 있다면 이제 다른 생각일랑 말고 사주단자를 기다려주시게."

덕형은 고마움의 표시로 고개를 깊이 숙였다.

"자자, 그건 그렇고 이렇게 선배 사는 곳에 왔으니 우리 경포대에 나가 달이나 보기로 하세. 날이 좀 차갑기는 하지만 겨울 바다라는 것이 여간 명징한 풍치가 아닐세. 게다가 오늘은 보름이 아닌가."

얼큰하니 취해서 함께 길을 나서 경포대로 향했다. 평소 듣던 대로 강릉은 산수가 좋았다. 그리고 경포대 바다는 찬바람만큼이나 깨끗하고 단아한 바다였다.

나란히 서서 수평선 위로 떠오른 달을 바라보다가 신명화가 먼저 운을 떼었다.

차면 기울 일만 남았으니
보름달이 오히려 서럽구나

덕형이 운을 받았다.

기울었다가도 차고
차면 또 기우는 것이
우리네 세상살이
설움도 기쁨도 저 달만 하랴

장인과 사위는 나란히 서서 달을 바라보았다. 가진 게 없으면 어떠랴, 손에 쥔 권세가 없으면 어떠랴, 그저 마음 맞는 벗 하나가 더없이 좋은 밤이었다.

9. 첫날밤初夜

신랑이 신부의 족두리를 벗기고 바라보다가 말했다.

강물을 흔들며 반짝이던 봄날의 바람
졸다가 깨어난 한나절 햇살인 듯
눈부신 그대를 오래도록 기억하겠소

신부가 신랑의 눈동자를 바라보며 말했다.

꽃이 어찌 피어나지 않겠습니까
꽃이 어찌 지는 날을 모르겠습니까
다만 피어 있는 날에 사랑받을 뿐입니다

화창한 봄날, 인선은 그 사람을 받아들였다. 서로 합환주를 마시고 나란히 원앙금침에 누웠다. 맑은 날의 교교한 달빛이 창으로 비쳐들고 어디선가 때 이른 멍머구리가 울었다.

"그림들이 놀라웠소. 산수화만 그리지 않고 미물들도 다 집어넣고 그리는 것이 참으로 정이 많은 사람이라 지레짐작했소."

"부끄럽습니다. 그저 미물들도 다 살아 있는 것이어서 마음이 갔을 뿐입니다. 다만 재주가 미천하여 명성에 누가 될까 염려되니 혹여라도 칭찬은 하지 말아주세요."

"그런 말 마오. 그대 모습이 참으로 고귀하고 단아하여 나란히 누울 수 있는 것이 꿈같기만 할 뿐이오."

서로의 살내음을 맡으면서 오래 창밖에 어리는 달그림자를 바라보았다.

"장인께서 특별히 부탁하였소. 내 비록 홀어머니를 모시고 있지만, 장인께서 특별히 당신만은 곁에 두고 싶어 하시니 강릉에서 지내야 할 것 같소."

"어머님께서도 혼자이신데, 그같이 허락하실지 모르겠습니다."

"이해하실 것이오. 어머님께서는 이번 혼사를 얼마나 기뻐하시

144

는지 모르오."

인선은 덕형의 마음 씀씀이가 고마워서 가슴이 울컥했다. 그의 손길이 따스하고 부드러운 것이 첫날밤의 두려움마저 희미하게 만들었다.

아직 남정네의 손끝도 스쳐보지 못한 터라 가슴이 콩닥콩닥했 지만 신기하게도 낯설지는 않았다.

"이상하지요? 왜 이렇게 당신이 낯설지 않을까요?"

"허엇, 아마도 내가 워낙 미남이라 그런 모양이오."

농담을 하는데 웃음소리는 밖에서 터져나왔다.

"이런!"

둘은 놀라서 발딱 몸을 일으켰다. 덕형이 속곳 차림으로 홑이불 을 찾아들고 가서 문을 막고 섰다.

인선이 보고 웃었다.

"그렇게 한 다음에는 어쩌시려고요?"

"그, 그러게 말이오."

인선도 속곳 차림으로 일어나 덕형의 곁에 가서 힘을 보탰다. 나 란히 서서 등으로 이불을 밀고 섰으니 그 모습이 우스꽝스러웠다.

"이렇게 밤을 보내시게요?"

"나쁘지 않소."

서로를 보고 행복하게 웃었다.

그 시각에 신명화는 아내의 손을 잡고 툇마루로 나가 앉아 추위도 모르고 별을 바라보고 있었다.

"인선은 우리와 함께 살기로 했소."

"왜 괜한 욕심을 부리십니까? 사돈마님께서도 홀몸이신데."

"그러게 말이오. 하지만 내게는 인선이 아들과도 같아서 도무지 내어줄 수가 없구려."

"출가외인이라고 하지 않습니까? 욕심 부리지 마시어요."

"이미 사위도 승낙했소."

아내는 물끄러미 신명화를 쳐다보았다. 그 시선에는 '진즉에 후사를 보았어야지요.' 하는 뜻이 담겨 있었다.

"뭐 당신 하나로 충분하기는 하지만, 외로워서가 아니오. 이게 그러니까…… 그 왜 있잖소? 자식 중에 유독……. 아, 뭐 다른 아이라고 해서 사랑스럽지 않다는 게 아니라 말이오."

신명화의 장황한 변명에 아내가 웃어버렸다.

"어쨌든 내일은 부부를 멀리 보내야 하니까 좀 주무셔야 하지 않겠어요?"

"내일?"

"그럼요?"

"왜 내일이야? 사흘쯤 지나고 보내야지."

"어린애처럼 왜 이러셔요? 사돈마님께서도 아이들이 오기만을 기다리실 텐데……."

146

"사흘이 정석이라니까?"

아내가 눈을 흘기자 신명화가 웃으며 고개를 끄덕였다.

"알았소, 알았소. 내 후딱 다녀오라고 하리다."

"후딱이라니요? 사돈마님께서도 시어머니 봉양을 제대로 좀 맛
보셔야지요."

"어허, 이거야 참……."

신명화는 쓴 입맛을 다셨다. 그러다가도 아내가 슬며시 손을 잡
고 기대오자 어쩌지 못하고 헤픈 웃음을 흘리면서 끌어안았다.

"그러리다. 당신 말을 들어야지."

사흘은 금방이었고, 인선은 이원수와 함께 시댁으로 떠났다. 그
리고 오래도록 다시 친정에 머물렀다. 사실 신명화가 인선을 집에
두려는 것은 자신보다도 아내가 인선을 곁에 두고 싶어 하는 것을
알아서였다.

"향리에 머물러 계시지 마세요. 사내가 세상을 주유하지 않으면
좀개가 된답니다."

아내는 언제나 신명화에게 한양 나들이를 원했다. 한양에 가서
문우들과 어울려 실컷 놀라는 뜻이다. 무얼 어찌 하라는 게 아니
라, 그저 풍류를 즐기라는 뜻이다. 그리고 내심으로는 그러다가 어
찌어찌 해서 후사라도 볼 수 있을까 하는 마음도 있었다.

또 한편으로는 연로하신 시어머니께도 아들과 함께 지내는 시

간을 드렸으면 해서였다.

"내 한 바퀴 돌고 곧 다시 내려오리다."

신명화는 인선이 돌아오고 난 후에야 사위에게 집안일을 맡기고 한양으로 떠났다.

10. 꽃상어

스승이 말했다.

"자식이 태어나면 부모 곁에서 삼 년을 지내야 홀로 선다.

그러므로 삼년상은 마땅하다."

인선은 아버지께서 자꾸 한양에 올라가시는 것이 서운했다. 어머니께서 단지까지 하시면서 병석에서 일어나게 하셨는데, 아직 성한 몸도 아니면서 길을 나서는 아버지가 야속했다.

그러나 인선이 그런 뜻을 내비치면 어머니는 단호하게 잘라 말하시고는 했다.

"사내는 그저 나가야 하고 아내는 그저 사내를 내보내려고 들어야 한다. 치마폭에 꼭 쥐고 지내려 들면 못쓴다."

인선은 그게 싫었다.

'나도 그래야 할까?'

그래야 할지도 몰랐다. 남편이 밖에 나가서 큰일을 하도록 등을 떠미는 것이 옳은 일 같다.

'하기야 아버지처럼 오직 아내만 바라보고 사는 남자라면 무슨 걱정일까?'

주변에서 그렇게 후사를 보라고 종용해도 눈도 깜짝이지 않는 아버지가 그런 면에서 참으로 좋았다. 오로지 아내와 딸들만 아는 아버지에게서 진정한 사랑이 무엇인지를 배웠다.

인선은 잠자리에서 가끔 남편에게 물었다.

"솔직하게 말해주세요. 만일 내가 어머니처럼 아들을 생산하지 못한다면 어쩌시겠어요?"

"당신은 아들을 생산하지 못할 리가 없소."

그때마다 피해가는 남편이었다.

그렇게 새록새록 새살림에 젖어들던 어느 겨울날, 날도 엄청나게 차가워서 마당에만 나가도 볼이 쨍하고 얼어붙는 듯한 매서운 날이었다.

운도 아범이 온통 얼어붙은 모습으로 비칠비칠 대문을 밀고 들어섰다. 마당의 얼어붙은 눈을 치우고 있던 하인들이 놀라서 돌아보았다.

"아니, 운도 아범?"

"아저씨?"

운도 아범의 행색은 말이 아니었다. 혹독한 추위에 대관령을 넘어오느라 얼굴이 온통 시커멓게 얼음이 박혔고 코 밑으로 고드름이 달라붙어 있었다.

다들 의아해서 운도 아범을 바라보는데, 운도 아범이 울부짖듯이 소리쳤다.

"진사님께서……돌아가셨습니다."

청천벽력 같은 소식이었다. 다들 멍한 상태가 되어서 운도 아범을 바라보았다. 안채에서 어머님이 뛰어나가고 인선은 사임당에서 뛰어나갔다.

"뭐라고 하셨는가?"

어머님의 물음에 운도 아범이 털썩 쓰러지듯이 주저앉고는 울기 시작했다.

"돌아가셨습니다. 진사님께서 돌아가셨다고요!"

어머니는 그 자리에서 쓰러지고 인선도 넋을 놓고 주저앉았다.

"이보시게, 자초지종을 좀 말해보시게."

당황은 했어도 덕형은 사내답게 운도 아범을 잡아 앉히고 전말을 물었다.

"보름 전이었습니다. 날이 아직 따뜻하다 하시면서 집을 나서시다가 갑자기 전에처럼 각혈을 하시더니 쓰러지셔서 영영 일어나시지 못했습니다."

"그래서? 그래서 어찌 되었는가?"

덕형도 입안이 타들었다.

"일단 가묘를 만들어 모셨습니다."

"어디에?"

"한양에서 멀지 않습니다."

"잠시 기다려주시게."

덕형은 서둘러서 사임당에 들어가 붓을 들어 부고를 쓰기 시작했다. 그리고 부고장을 들고 나와서 다시 운도 아범에게 말했다.

"힘들겠지만 어쩌겠나? 이 길로 다시 한양에 갈 수 있겠는가?"

152

운도 아범은 울먹였다.

"진사님 일에 제가 뼈를 잘라 팔아서라도 무언들 못하겠습니까?"

"고맙네."

덕형은 아직도 제정신이 아닌 인선과 장모님을 대청마루에 나란히 앉게 하고 그 앞에 서서 일의 진행을 설명했다.

"더 추워지기 전에 모셔 와야 합니다. 집안 어른들께 부고를 전하고 운도 아범에게는 한양에 소식을 전해서 이장 준비를 하겠습니다. 장인어른께서는 워낙 따르는 후배들도 많고 문우들도 많아서 한양에서는 어렵지 않게 이장 준비를 할 수 있을 것입니다. 일단 운도 아범이 떠나고 저도 채비를 해서 떠나겠습니다. 그 사이에 이곳에서 맞을 준비를 해주셔야 합니다."

두 여인네는 멀거니 바라보면서 아무 생각도 하지 못했다. 덕형은 지금으로서는 아무 소용이 없다는 것을 알고 운도 아범을 이끌고 가서 전대를 통째로 건네주며 부탁했다.

"이 서찰을 수정방의 현 진사님께 전하시게. 그러면 알아서 일을 진행해주실 것이네."

"아, 예. 현 진사님이시라면 이미 가묘를 만들 때 나서서 도와주시던 분입니다요."

"그렇지, 그러실 분일세. 더 없이 막역하시지. 그러니 어서 출발하시게. 미안하네. 쉬어야겠지만……."

"아닙니다요. 소인 먼저 달려가겠습니다요."

운도 아범은 서둘러서 대문을 나섰다. 돌아서니 그제야 정신을 차린 인선이 마루에서 일어나며 말했다.

"어르신들께 부고를 전해야겠어요."

싸락눈이 바람에 날리는 차디찬 날에 신명화의 운구가 북평에 도착했다. 마을 사람뿐 아니라 멀리서도 수많은 친구들이 몰려나와서 눈을 맞으면서 운구를 맞아주었다.

늦었지만 늦은 대로 상여를 준비해서 선산을 향해 출발했다. 누구 하나 예법이 맞니 틀리니 말하지 않았다. 그저 모두들 안타까운 마음에 눈물을 훔칠 뿐이었다.

길주가 만장을 들고 앞에 섰다.

허이허이 어허이 어허이야
어허이 어하넘자 어허이야

거세지는 눈보라 속을 나아가면서 상여꾼들이 상두가를 불렀다.

간다 간다 나는 간다
사든 생각 다 버리고
북망산천을 나는 간다

서른두 명 상두꾼들
눈물 가려 못 가겠네

백년 집을 이별하고
만년 집을 찾아가네

황천길이 멀다더니
대문 밖이 황천이네

빈손으로 태어나서
빈손으로 돌아가네

초롱 같은 우리네 인생
이슬같이도 떨어지네

이제 가면 언제 올꼬
한 번 가면 못 온다네
열두 대왕 문을 열어
날 오라고 재촉하네

하늘님도 무심하고

대왕님도 야속하다

제를 지내고 하관을 하는데 길주가 갑자기 발광을 했다. 겨우 뜯
어 말리면 다른 이가 느닷없이 땅속으로 달려들었다. 운도 아범은
거품을 물고 쓰러졌다. 난리도 그런 난리가 없었다.

"장인어른, 얼마나 잘 사셨으면……."

덕형은 구덩이 앞에 엎드려서 땅에 머리를 박았다. 땅이 차가워
서 그게 못내 서러웠다. 하필이면 이렇게 땅이 찰 것이 무어냐. 이
어르신을 언 땅에 묻고 돌아서야 하다니. 설움이 북받쳐서 땅바닥
에 엎어져 움직일 수가 없었다.

아들이 없는 집이다. 조카가 나서서 시묘를 해도 되겠지만, 인선
이 시묘를 자진하고 나섰다. 여자의 몸이라 직접 산소를 지키지는
못하더라도 매일 세끼를 챙기고 문안을 드리고자 했다.

시어머니께 편지를 썼다.

한겨울 눈이 내리는 북평에서 어머님께 편지를 씁니다. 며느리답게 봉
양 한번 제대로 못해드리니, 이렇게 붓을 들고 보니 너무 죄송한 마음입
니다. 그럼에도 불구하고 또 이렇게 허락을 구하는 것이 너무나 면목은
없습니다만, 적자가 없는 집에서 태어난 며느리가 아들 몫으로 삼년상을

156

치러야만 하니, 어머님께서 넓으신 아량으로 허락해주셨으면 합니다. 그
동안 못한 효도는 남은 세월 내내 신력을 다하겠습니다.

 답장이 왔다.

추운 날에 얼마나 고생이 많느냐. 상심도 클 것이라 생각된다. 나는 잘 지
내고 있으니 시어미 걱정은 말고 부디 정성껏 상을 지내고 올라오너라.
그저 이 시어미 걱정은 네 건강이구나. 몸 건강해야 한다.

11. 꽃가마

새색시는 꽃가마를 타고 고향집을 떠나다가 고갯마루에서 뒤를 돌아보고 한숨처럼 시를 읊었다.

늙으신 어머님을 고향에 두고
외로이 한양 길로 가는 이 마음
돌아보니 북촌은 아득도 한데
흰 구름만 저문 산을 날아 내리네

인선과 덕형은 매일 아버지 산소에 다니면서 정성을 다했다. 봇짐을 들고 부부가 나란히 산소로 가는 모습을 보면서 동네 사람들은 고인의 복이라고 수군거렸다. 게다가 덕형이 장인을 닮아서 밝고 어진 성격이라 더욱 인기가 있었다.

　사람들 눈길이 그럴진대, 두 사람의 금실은 말할 것도 없었다. 부부 간에 여간해서는 나란히 길을 나서는 일이 드문데, 인선과 덕형은 산소에 가느라 항시 나란히 걸으니 서로의 정이 더욱 깊어질 수밖에 없었다.

　동네 사람들이 보이면 서로 떨어져서 걷다가도 아무도 없는 산속으로 들어서면 과감하게 손을 잡고 걸었다.

　"이러다가 행실이 좋지 않다고 소문나겠어요."

　"부부가 손잡고 다니는 게 행실과 관계가 있소?"

　"부부라도 남녀가 유별하지 않나요?"

　"그게 무슨 해괴한 소리요? 부부는 한 몸이라지 않소?"

　"어느 책에 그런 구절이 나오나요?"

　"세상사가 전부 책에 있는 건 아니지."

　"그럼 뒷골목에 떠도는 불한당들의 농을 받아들이시는 건가요?"

"부, 불한당이라니? 어디까지나 옛 어르신들의 말씀이오. 부부
는 일심동체라고 하지 않소?"

산소 앞에 가서도 덕형은 천연덕스럽게 인선의 어깨를 한 팔로
감싸면서 앉고는 했다.

"무슨 짓이어요? 아버님 앞에서……."

인선이 눈을 흘기면서 밀어내면 엉뚱한 소리를 했다.

"아니, 왜 그러시오? 우리가 서로 불화하지 않고 이렇게 정다운
모습을 보여드리면 얼마나 흐뭇하시겠소?"

"아유, 억지 좀 쓰지 마시어요."

"억지라니? 그렇게 생각하신다면 부인께서 한번 반론을 펼쳐보
시오."

덕형은 매사에 그렇게 능글능글하고 자유로운 사상을 지녔다.
그래서 가끔은 인선과 부딪치기도 했다.

"백정들 사는 곳에 가셨다고요?"

"아, 그 갖바치 공방? 그 친구들 솜씨가 참 대단하더이다."

"가져오면 구경하실 일이지 가셔서 구경하시나요?"

"가져오면 이미 만들어진 것이기 때문에 구경할 게 없지 않소?
쇠가죽으로 별의별 걸 다 만드는데 그 지혜로움이나 솜씨들이 기
가 막히오."

"그런 곳에 들락대는 건 좋지 않아요."

"그게 어때서요? 무두질할 때 나는 냄새가 고약해서 그게 좀 문제이기는 하지."

"백정들과 어울리는 건 삼가세요."

"백정도 다 우리와 같이 사는 사람들이오. 장인어른 같으면 겸상도 마다하지 않았을 것이오."

"그래도 반상의 구분을 지켜야지요."

"어허, 뜻밖이오. 당신이 그런 걸 가리다니."

"그래서가 아니라……."

"음?"

"소첩 몸에 변화가 생겨서요."

"어헉?"

"상서롭지 못한 모습은 피해주세요."

"으아아아!"

덕형은 길바닥에서 덩실덩실 춤을 추었다.

"제발……."

"으허허허. 알았소, 알았소."

춤은 멈추었으나 웃음이 멈추지를 않았다.

"축하드립니다."

진맥을 본 의원이 고개를 끄덕였다. 인선은 수줍게 웃고 덕형은 신이 나서 벌떡 일어났다가 인선의 눈치를 받고야 겨우 다시 좌정

했다.

"아직 안정되지 못한 시기이니 매사에 조심하셔야 합니다. 음식
도 가리시고 말하고 듣는 것도 가리시고요. 특히 움직임을 가리셔
야 합니다."

의원의 확진을 받고 돌아오는 길에 덕형이 넌지시 말했다.

"어머님께도 전갈을 보내야겠소."

"전갈이라니요? 직접 가서 뵈어야지요."

"직접이라니? 친정에서 낳고 산후조리를 받고 싶은 게 아니었
소?"

"그건 우리 욕심이고요. 첫 아이인데 시어머님께서 가장 먼저
기뻐하실 일이 아닌가요? 첫 손주만은 어머님 곁에서 낳고 싶어
요."

"길이 먼데 그게 가능하겠소?"

"어머님께 가지 못할 정도로 약하지는 않습니다. 몸이 더 무거
워지기 전에 가야겠어요."

덕형은 인선의 마음 씀씀이에 속이 울컥했다.

"고맙소. 역시 난 복이 많은 놈인가 보오. 그러나 아직 삼년상이
끝나지 않았으니 어머님께 마음만 보내드리리다."

"아닙니다."

인선은 단호하게 말했다.

"아기가 몸 안에 있으니 이제 산소에는 가지 않겠습니다."

"아, 그런가?"

덕형은 그제야 뜻을 알고 인선을 새삼스레 바라보았다.

"도대체 당신은 이 모든 걸 어디서 배우고 어찌 깨달았소?"

"책이지요. 조선에서 여자가 책 말고 세상을 배울 자리가 있기나 하던가요?"

"어허, 어째 말투가 좀……."

"신경 쓰지 마시어요. 어서 길 떠날 채비를 해주세요."

"그럽시다. 한데…… 장모님께서는 지금 떠나는 걸 허락하실지 모르겠소."

인선은 말없이 입술을 깨물었다.

"이 어미가 널 잘못 가르치지는 않았구나."

사임당에 마주 앉은 어머니는 인선의 손을 잡으며 웃으셨다. 아기를 가진 것도 고맙고 시어머니께 예를 갖추는 것도 고맙기는 한데, 어딘가 모르게 쓴웃음이 나온다.

"가서 사돈마님 앞에 손주를 안겨드리거라. 그게 제일가는 효도니라."

"죄송해요."

아버지도 안 계신데 홀로 남은 어머니를 두고 떠나려니 가슴이 미어졌다. 그래도 지킬 건 지켜야 한다는 생각에 마음을 다잡았다.

"죄송할 거 없다. 마땅한 일 아니더냐?"

"어머니."

인선은 어머니의 치마폭에 얼굴을 묻고 울었다. 어머니의 변함없이 따뜻한 손길이 그녀의 등을 토닥거렸다.

"이제 너도 어엿한 어머니가 되었구나."

인선이 수줍게 웃었다.

"아직은 아니지요."

"아직 아니라니?"

어머니는 방금 전과 달리 엄숙하게 말씀하셨다.

"태내에 아기가 자리를 잡으면 이미 어머니가 될 것이야. 그러니까 태어나면 이미 한 살이지 않니? 이미 네 품에서 살기 시작했고 네가 주는 것을 받아먹고 네가 알려주는 것을 배우면서 열 달을 네 태내에 머무는 거란다. 그러니 넌 이미 어머니인 게지."

인선은 그제야 말을 알아들었다. 그러니까 어머니 뱃속에 있는 것이 이미 한 생명으로 태어난 것이다.

"태교에 대해서 상세히 알려주마. 꼭 그대로 지켜야 한다."

어머니께서는 지필묵을 들어 태교에 대해서 적기 시작했다.

아기를 가진 상태여서 무리하게 사인교를 구했다. 인선은 반대했지만, 덕형은 호사를 부리는 게 아니라 쓸 곳에 돈을 쓰는 거라고 우겼다.

"내가 언제 허투루 돈 쓰는 걸 본 적이 있소? 나 혼자라면 백 번도 더 걸어서 다닐 수 있는 길이오. 이제는 눈 감고도 다닐 만하다는 말이오. 하지만 이번에는 꼭 가마를 써야 하오."

사인교를 들이대고도 덕형은 마음이 놓이지 않는 듯했다. 가마를 들여다보고 가마꾼들에게 웃돈을 약속하며 부탁에 부탁을 거듭했다.

사실 길이 험한지라 사인교를 이용해도 여간 불편한 게 아니다. 그리고 가마꾼들도 여간 고생스러운 게 아니다. 덕형은 출발부터 안절부절못했다.

그런 덕형과 달리 인선은 가마의 불편함보다 배웅하던 어머니의 모습이 떠올라 신경이 온통 그 모습에 쏠려 있었다.

문득 어머니께서 적어주신 태교에 관한 글을 읽을 생각이 들었다. 원래는 한양에 도착해서 차분히 읽으려고 했으나 어머니 생각이 나고 그리워서 펼쳐들었다.

너를 처음 가졌을 때 나는 제일 먼저 내가 먹고 있던 것들을 차례차례 살펴보았단다. 너무 독한 것을 먹지는 않았는지, 너무 흉측한 것을 먹지는 않았는지 살펴야 했단다. 날것도 먹지 않고 너무 차거나 너무 뜨거운 것도 먹지 않았단다.

그랬을 어머니였다. 동생들 가졌을 때에 충분히 알 수 있었다.

먹는 것이 아기에게 영향을 미칠까 두려워서 뭐든 조심해서 잡수시고 많이 드시지도 않았다. 탈이 날까봐 찬물도 마시지 않고 뜨거운 물과 반씩 섞어서 드셨다.

그다음으로 행동에 조심했단다. 집안사람들 눈치가 보였지만 힘을 써야 하거나 많이 움직여야 하는 일도 잘 하지 않았단다. 위험한 장소에도 얼씬거리지 않고 부엌일도 뜨거운 것을 옮기거나 하지 않았단다. 층계는 언제나 난간을 잡고 다녔고 마루는 물기가 있나 살피고 조심스럽게 내딛었단다.

평소에도 조용하신 어머니셨다. 더욱이 아기를 가지고는 발소리도 나지 않게 아주 천천히 사박사박 다니셨다. 혹시라도 넘어질까 두려워서 그러신 듯하다.

그리고 네가 내 안에서 움직이기 시작한 넉 달 정도부터는 이제 들어앉아서 바느질을 했단다. 바느질만이 아니라 수를 놓았지. 주로 예쁜 꽃이나 산수화를 수놓았단다.

바느질을 하고 수를 놓으면서 그 기운이 아기에게 가기를 바라셨다.

책을 읽고 큰 소리를 내지 않았단다. 아무리 화가 나는 일이 있어도 소리를 지르지 않고, 화를 내지 않았지. 누군가 험한 말을 하면 귀를 막고 피했다.

어머니는 나쁜 소리를 들으면 아이의 정서가 어지러워진다고 생각하셨다. 그래서 언제나 아기가 조용히 책 읽는 소리만 듣기를 원했다.

나쁜 것을 보지 않으려고 노력했단다. 죽어가는 동물이나 시든 꽃을 보지 않으려고 외면했고, 싫은 사람이라도 사랑을 담은 눈길로 바라보고 용서하는 눈길로 바라보았단다.

어머니는 눈으로 보는 것을 아기도 같이 본다고 믿으셨다. 그래서 흉한 모습을 보지 않으려고 노력하셨고 스스로도 눈길을 곱게 가지려고 애쓰셨다.

아무리 미운 사람이 있어도 절대 미워하지 않으려고 애썼고, 남의 흉을 보거나 놀리거나 함부로 농을 하지 않았단다. 싫은 말도 하지 않고 다투지도 않았단다.

어머니. 아기의 성정이 곱게 이루어지기를 바라는 마음에서 그러셨을 것이다. 몸가짐 하나에서 열까지 그렇게 조심하시고, 우리가 태어나면 또 모든 걸 바쳐서 가르치고 길러주신 어머니…….

대관령에 올라 잠시 가마에서 내려 멀리 경포대를 바라보았다.

날이 맑아서 수도 없이 오가던 길이 아스라하게 보였다. 물길도 보이고 논과 밭도 아득하지만 전부 구분할 수 있었다. 집이 확연하게 보이지는 않았지만 저기 어디쯤에 계실 어머니를 생각하자 다시 가슴이 찢어졌다.

아버지 계신 선산은 어디쯤이던가. 구분할 수가 없구나. 매번 가던 길이 어찌 눈에 띄지 않을까. 하필이면 상중에 아이를 가진 이 불효녀를 어찌 여기실까.

인선은 먼 고향 땅을 바라보며 눈물을 삼켰다.

늙으신 어머님을 고향에 두고
외로이 한양 길로 가는 이 마음
돌아보니 북촌은 아득도 한데
흰 구름만 저문 산을 날아 내리네

인선은 대관령을 넘으면서 흔들리는 가마 안에서 삐뚤삐뚤 시를 남겼다. 적지 않고는 배길 수 없어서 되는 대로 적었다.

글이든 그림이든 그런 것이다. 속에 돌덩이가 앉으면 쓰고 그리

는 만큼 돌덩이가 빠진다. 인선에게는 그런 자기만의 속을 다스리
는 방법이 있었다.

 그게 인선이었다.

12. 떡집 며느리

스승이 말했다.

"젊은이들은 집 안에 들어서면 부모에게 효도하고 집 밖에
나서면 어른에게 공손해야 한다. 또 언행을 신중하게 하며 당
사자에게 믿음을 주고 민중을 널리 사랑하며 평화 일구는 사
람을 가까이해야 한다. 만약 이렇게 실천하고도 남은 힘이 있
다면 그 여유로 글을 배울 만하다."

시어머니는 처음 볼 때부터 느낀 그대로 스스럼이 없고 느긋한 분이었다. 수정방 저잣거리에 방 세 칸짜리 작은 집에 하녀 하나를 두고 살았다. 그러니 인선과 덕형 내외가 언연이까지 데리고 들어오자 그야말로 빈 방도 없는 빽빽한 식구들이 되었다.

저잣거리의 집은 떡을 만들어 팔기에도 알맞았다. 시어머니는 인선에게 떡집 일을 못하게 말리셨지만, 인선은 아기를 가진 몸으로 부지런히 떡을 만들고 시어머니와 함께 팔고는 했다.

"언연이와 하마. 곱게 자란 네가 어찌 이런 일을 하겠니?"

"언연이는 집안일을 해야지요. 그리고 저는 어머님과 함께 일하는 게 좋아요."

"저잣거리가 얼마나 험한 곳인데 좋아."

"험해도 다 사람 사는 곳이고, 어머님께서는 말씀처럼 험한 곳을 벌써 수년째 떡을 팔면서 사시는 거잖아요?"

"팔자가 드세서 어쩔 수 없다만, 양반집 규수가 다닐 곳은 못 된단다."

"어머님, 걱정 마시어요. 떡을 맛있게 만들어서 파는 것이 어찌 부끄러운 일이겠어요? 그리고 양반집 규수라고 해서 쪼들리는 대로 아이들 제대로 먹이지도 입히지도 못하면서 치맛자락만 바스락대고 다니면 오히려 흉이 되지 않겠어요?"

"너는 참 말도 잘하는구나."

대화 끝에 시어머니는 웃어버리고 마셨다.

저잣거리에는 갖가지 사건도 많고 이상한 사람들도 많았다. 상점을 가진 자들은 대부분 양반보다는 중인들이었고 간혹 신분을 벗어난 노비들도 있었다. 그러다 보니 그들은 양반네가 장사를 하면 은근히 깔보고 무시하기 일쑤였다.

떡을 파는 인선과 시어머니에게 와서도 다를 바가 없었다. 툭하면 가져갔다가 미처 먹지 못해서 굳은 떡을 가져와서 바꿔달라고 떼를 썼다. 또 가져갔다가 보관을 잘못해서 상한 떡은 상한 걸 팔았다면서 우기기도 했다.

그럴 때마다 시어머니는 화를 참지 못하고 싸웠지만, 인선이 오고부터는 달랐다. 인선은 무조건 교환해주었다. 그리고 두말하지 않았다.

"분명히 억지를 쓰는 걸 알면서 어째서 속아주는 게냐? 그렇게 하다가는 팔고도 밑지지 않겠니?"

"그냥 속아주세요. 그리고 더 친절하게 대해주세요. 그러면 단골이 될 거예요."

"근본 없는 것들 같으니."

시어머니는 못마땅하면서도 점점 더 인선이 하는 대로 따라서 행동했다. 왜냐하면 갈수록 단골이 늘고 손해가 미미했기 때문이다. 게다가 그런 사람들 중에서 떡을 주문하는 경우가 종종 있어서 장사가 전보다 훨씬 나았다.

"곱게 자랐다더니 일만 야무지게 잘하네."

"일머리가 있는 거야. 일이라는 것이 배워서 잘하고 해봐서 잘하는 게 아니라니까?"

동네 어른들은 칭찬일색이었다. 시어머니도 며느리에게 만족하는 눈치였다.

덕형은 그런 아내가 고맙기도 하고 미안하기도 했지만, 인선으로서는 양반이고 선비의 아내고 그런 걸 따질 게 아니었다.

현실은 현실이다. 가난한 선비의 집으로 시집을 왔으니 호구지책을 세워야만 한다. 그래야 태어나는 아이도 가난에 시달리지 않고 마음 편하게 하고 싶은 공부를 하면서 자랄 수 있다.

그렇다고 해서 저잣거리의 장사치처럼 행동하지는 않았다. 언제나 양반집 규수답게 행동했고, 공부하는 선비의 아내답게 말 한마디도 허투루 내지 않고 함부로 말을 섞지 않았다.

서로 언쟁이 벌어질 일이 생기면 그냥 손해보고 말았고, 누군가가 시비를 하면 곱게 입을 다물고 물러났다. 물론 그렇게 되면 시어머께서 냉큼 나서면서 대신 호통을 치시고는 했다.

시어머니는 겉으로는 왜 바보처럼 따지고 들지 못하느냐고 핀

잔을 주었지만, 내심으로는 그런 며느리가 자랑스러웠다.

그렇다고 해서 마냥 자존심도 없이 지내지는 않았다. 처음 온 지 며칠 지난 어느 날이었다. 덕형은 아내에 대한 자랑이 대놓고 팔불출이었다.

사랑채도 없는 집에 친구들을 잔뜩 불러들이더니 술상을 차리게 해서 그나마 안방에 술상을 차려서 들이고 시어머니 방에 들어앉았다.

그런데 느닷없이 그림 자랑으로 시끄러워지기 시작했다.

"어허! 안사람이 직접 밑그림을 그리고 그 위에다가 수놓은 거라니까?"

"예끼! 이 친구야. 허풍도 정도껏 쳐야지. 척 봐도 명인이 그렸구만."

"이 정도 병풍 밑그림을 그릴 정도면 그림으로만 먹고살아도 수정방 최고 부자 되겠다."

떠들썩하더니 마침내 언연이를 통해서 지필묵이 건너왔다.

"후딱 한 장 그려서 보내달라셔요."

시어머니가 놀라서 인선을 돌아보았다. 인선은 굳은 얼굴로 지필묵을 쳐다만 볼 뿐 받아들지 않았다.

"주책없이⋯⋯."

시어머니는 눈치를 보며 지필묵을 펼쳤다. 그러나 인선은 여전히 손을 내밀지 않았다. 시어머니도 지필묵을 펼쳐놓았을 뿐 아무

174

말도 하지 않았다.

건너오는 소리가 여전히 시끄러웠다.

"그림이 건너오면 내 오늘 그림 값으로 색주가 간다."

"그런데 그림이 정말 건너오려나?"

하하하. 웃음이 터졌다.

인선의 얼굴이 벌겋게 변했다.

"저, 저…… 술주정뱅이들 같으니……."

시어머니가 안절부절못하고 엉거주춤 몸을 일으켰다 앉았다.

"그림 어째서 안 건너오느냐?"

덕형의 소리가 들려왔다. 시어머니와 언연의 눈이 동그래졌다.

"철딱서니 없이 술자리에서……."

그런데 인선이 지필묵을 들어서 먹을 갈기 시작했다. 쳐다보던
시어머니나 언연이의 얼굴에 안도의 빛이 떠올랐다.

인선은 굳은 얼굴로 말없이 쟁반에 포도송이를 그리기 시작했
다. 황동으로 된 쟁반에 검은색 포도송이들이 자리를 잡아가기 시
작했다. 그리고 곧 멋진 포도송이와 넝쿨과 이파리가 어우러진 그
림이 탄생했다.

인선은 쟁반을 언연이에게 건넸다.

"가져다 드리거라."

쟁반이 들어가고 다시 한바탕 칭송의 소리가 시끄럽게 건너왔
다. 인선은 화가 풀리지 않은 채 그대로 앉아 있고 시어머니는 그

런 며느리를 보면서 빙그레 웃었다.

"참 지혜롭다, 아가야."

다음 날 아침, 아침상을 물리고 나서 인선은 덕형과 마주 앉아 따졌다.

"색주가에서 근사하게 드셨는지요?"

"어허잇, 그냥 객주에서 마셨소. 그런 말 마오. 가난한 선비들이 무슨 돈이 있어 색주가에 들렀겠소? 다 허풍이지."

"기방에 가면 기녀에도 여러 부류가 있다지요?"

"어, 글쎄……?"

"악기를 다루는 기녀, 시를 읊는 기녀, 춤을 추는 기녀, 거기에 그림 그리는 기녀는 없답니까?"

덕형은 그제야 화들짝 놀라서 인선의 얼굴을 바라보았다.

"당신, 그게 무슨 뜻이오?"

인선의 눈초리가 매섭다.

"술자리에서 아내에게 그림을 그리라고 하는 건 무슨 뜻이신지요?"

"아, 그것이……."

덕형은 무안해서 얼굴을 붉혔다.

"내 당신이 너무 자랑스러워서 그만……. 아, 그 녀석들이 당신이 해온 병풍을 샀다고만 여기질 않겠소? 그러니 내가 울화가 터

176

져서 그만……."

"만일 쟁반이 아닌 종이에 그렸다면 누가 가져갔을까요?"

"그, 그럴 리가……."

"다시는 그러지 마시어요."

"어……, 알았소. 내 미안했소."

덕형은 어눌하게 대답하고 자리에서 일어났다. 인선이 따라 일어섰다.

"어머님께 건너가셔야지요."

"알았소. 그냥 나갈 리가 있소?"

덕형은 못마땅한 얼굴로 마루를 건너 어머니 방으로 들어갔다. 그렇게 일은 끝났지만, 그 후로 덕형은 두 번 다시 그림 부탁을 하지 않았다.

그림 부탁을 하지는 않았지만 덕형이 마음으로부터 승복한 것은 아니었다. 모든 면에서 정갈하고 현명하고 나무랄 데 없는 아내였지만, 너무 완벽한 언행은 가끔 덕형을 숨 막히게 하기도 했다.

'부부유별은 함부로 대하지 말라는 뜻이지 내외하라는 뜻은 아니지 않을까?'

그런 생각을 하게 되기도 하고,

'어째서 나는 아내 앞에서 위축되는가?'

어쩌면 그게 아직도 과거에 급제하지 못한 자신의 처지 탓일 수도 있다고 생각하기도 했다.

그렇게 저렇게 생각하면 못나게 보일 뿐이니 잊으려고 해도 자꾸만 무언가 가슴속에 응어리가 생기는 것은 어쩔 수가 없다.

그래도 동네 사람들이 모두 칭송하는 현모양처인 데다가 어머니마저 매사에 좋아하시니 그것으로 불만을 접을 수밖에.

그런데 어머니는 인선을 위하는 마음이 덕형보다 더 컸다. 설이 다가오자 정신없이 바쁜데, 어머니는 인선을 위해서 주문을 많이 받지 않으려고 하셨다.

"어머니, 서 생원댁에서도 부탁이 들어왔어요. 그 집은 며느리가 만삭인지라 명절에 쓸 떡을 할 사람이 없는 것 같아요."

"안 된다."

"그 집은 일을 할 만한 아랫사람도 없고……."

"식구가 적어서 많이 필요로 하는 것 같지 않으니까 괜찮지 않을까요?"

"안 된다고 하지 않니? 이 시어미 힘들어 죽는 꼴을 볼 참이냐?"

시어머니는 떡판을 옮기다 말고 인선을 돌아보며 냉정하게 잘라 말했다.

"저도 명절 지날 때까지는 일할 수 있어요."

시어머니와 함께 떡판을 옮기려다가 서로의 몸이 마주치게 되었다.

"명절까지 뭘 한다는 게냐? 언연이하고 우리 집안 차례나 준비하거라."

말씀하시다 말고 눈을 위아래로 훑으신다.

"그런데 그 배를 해가지고 왜 성가시게 얼쩡대는 게냐? 어서 들어가래도."

인선은 시어머니의 역정에 하는 수 없이 물러났다. 집 안으로 들어와서 대청에 앉아 책을 읽는 덕형을 돌아보고 말했다.

"나가셔서 어머님 좀 도와드리세요. 저는 근처에서 눈에만 띄어도 싫어하세요."

"나도 마찬가지요. 당신 보기 부끄러운 줄 알라고 역정이시오."

"어째서……."

"내가 과거에 급제하지 못하는 걸 두고 이르는 말씀이겠지. 얼씬도 못하게 하시는구려."

인선은 마루 끝에 걸터앉아 덕형을 물끄러미 바라보았다. 덕형은 다시 책을 읽으려다가 인선의 시선을 느끼고 마주 바라보았다.

"왜 거기 앉아 그러시오? 방에 들어가서 좀 쉬지 않고……."

"소첩이 너무 야박한가요?"

"갑자기 그게 무슨 말이오?"

"서방님께 계속 공부만 하시라고 강요하는 것 같아서요."

"아니면 선비가 공부 않고 뭘 하겠소?"

덕형이 말하다 말고 인선의 표정을 살폈다. 인선의 눈에 물기가 스치는 듯해서였다.

"당신……, 무슨 언짢은 생각이라도……?"

"아닙니다."

인선은 일어나서 방으로 들어갔다.

"저 사람……?"

덕형이 따라서 방으로 들어섰다. 들어와서 보니 인선이 앉아서 눈물을 흘리고 있었다. 얼른 다가가서 앞에 마주 앉았다.

"어째서 그러시오? 서운한 일이라도 있소?"

"아니에요. 그냥…… 어머님께 죄송스럽기도 하고 고맙기도 하고……."

"뭐가 말이오?"

"저렇게 고생하시면서도 제 몸부터 생각해주시고 내가 바란다고 해서 서방님도 떡집 근처에 얼씬도 못하게 하시고……. 얼마나 힘드시겠어요?"

덕형이 고개를 숙였다.

고부간의 갈등이 이 세상 갈등의 최고라는데, 이제까지 단 한 번도 서로 부딪치는 걸 본 적이 없다. 야단을 친다고 치는 것을 보면 매번 일 덜하게 하려고 야단치는 것이고, 일 더하겠다고 고집 부려서 야단맞는 일이다.

그리고 아내만 없으면 어머니께서 동네 사람들에게 며느리 칭찬을 턱없이 해대는 것도 덕형은 알았다.

180

오죽하면 이웃집 시어머니와 며느리가 싸우는데 서로 우기기를 '그 집 며느리만 같아봐라', '그 집 시어머니 좀 보세요' 하고 싸운다.

그렇게 생각하면 참으로 고마운 두 여인네가 아닌가.

"내가 죄인이오. 어서 입신을 해야 하는데……."

"그런 말씀 마시어요. 노력하시고 계시잖아요. 그걸로 됐습니다. 집안일은 신경 쓰시지 않아도 돼요. 그보다 어머님 힘드시니까 명절 막바지를 핑계로 공부가 안 된다고 하시면서라도 좀 나가보세요."

"그러리다."

덕형은 몸을 일으켰다.

"죄송해요. 실없는 모습 보여드려서."

"실없기는 무슨……."

덕형은 밖으로 나왔다.

어머니는 덕형을 보고 눈을 흘겼다.

"왜 사내가 가게에 얼씬대느냐?"

"뭐 명절이니 바쁘실 듯도 해서 도울 거라도 없나 하고 왔습니다."

"모자란 짓 말고 들어가거라."

"집사람도 일하지 못하게 하고 소자도 일하지 못하게 하시면 이 많은 일을 누가 다 하겠습니까?"

"내내 하던 일이다. 네가 손대면 망가지기만 할 뿐이니까 함부로 손대지 말거라."

"언연이라도 보낼까요?"

"언연이가 몇씩 되니? 집안 살림 하는 애를 왜 불러내? 새아가 만삭 아니냐? 만삭에는 부엌일도 위험한 법이야."

어머니께서는 말씀하시다 말고 덕형을 뚱하니 보신다.

"새아가가 나가라고 시키든?"

"아, 그게 아니라⋯⋯."

"새아기는 워낙 심성이 고와서 도무지 이기적일 줄을 모른다. 그런 사람을 대할 때는 미리 생각하고 배려하지 않으면 안 돼."

덕형은 어머니의 속 깊은 배려에 고개가 숙여졌다.

"이제 분가를 해야 할 것 같구나."

설이 막 지나자마자 어머니는 덕형과 인선을 앉혀놓고 이미 생각해둔 듯 망설이지 않고 말씀하셨다.

"아이가 생겼으니 이제 곧 낳을 것인데, 이 좁은 집에서 어찌 함께 지내겠느냐?"

"어머님, 저와 제 처가 모르는 서운하신 거라도⋯⋯."

"서운하기는 뭐가 서운하겠느냐? 변변치 못한 집에 시집와서 궂은 일 마다 않고 다 하고 이제 아이까지 잉태했는데 그런 새아가한테 서운할 게 있겠느냐?"

"그런데 왜……."

"너는 사내라서 모르는 게 있다. 아이가 늦은 봄에 태어나면 여지없이 무더위에 산후조리를 해야 한다. 그래서 좁은 집에 기거할 수가 없다."

인선은 시어머니를 바라보았다. 감사했지만, 큰일에 이러니저러니 나설 수 없어 가만히 있었다.

"파주로 가거라. 우리 소출이 거기서 나오지 않니? 그럭저럭 아이들 키울 만한 집도 있고 말이다."

"어머니께서는……."

"내 걱정은 말아라. 외롭기는커녕 떡집인 탓에 항시 번잡할 지경이 아니냐? 그래서 아이를 키우기에 더 적합하지 않다. 시어미가 결정했으니 지체 말고 따르거라."

인선은 말없이 고개를 숙였다.

13. 식구들

스승이 말했다.

"천하인은 이롭게 해주면 모두 기뻐한다. '성인은 사랑만 있을 뿐 이롭게 하는 일은 없다'라고 하는 것은 모든 유학자들의 객쩍은 말이다. '천하에 남이란 없다'고 묵자는 말했다. 이는 앞으로도 계속 유효할 것이다."

율곡리에는 자그마하나 집이 한 채 있고 주변에 부쳐 먹을 땅뙈
기도 단출한 식구들 입에 풀칠하기에는 부족하지 않았다.

 다만 일손이 문제였는데, 감사하게도 고향의 어머니께서 어찌
아셨는지 일꾼을 보내셨다. 머슴이라도 고향 사람이어서 반가웠
고, 언연이가 특히 좋아했다.

 "네가 디 좋아하는구나."

 인선이 언연을 놀리면 언연이는 얼굴이 빨개져서 달아났다. 언
연이에게는 함께 자란 고향 오라버니다.

 "서로 마음이 맞았으면 좋겠어요."

 인선은 덕형에게 넌지시 일렀다. 함께 자란 사이이니 다른 곳에
서 신붓감을 구하려고 애쓰는 것보다 낫겠다 싶어서였다.

 그러나 덕형은 고개를 갸웃거렸다.

 "나이 차이가 너무 나서 언연이가 가엾지 않소?"

 "고향에서부터 졸졸 따라다녔어요. 서로 좋으면 나이 차가 무슨
상관이겠어요?"

 "어릴 적에야 자기보다 훌쩍 큰 어른이 남자로 보이고 또래는

애로 보이는 법이오. 하지만 나이가 차면 남자 보는 눈이 달라지지 않소?"

"하지만 지금도 놀리면 얼굴이 빨개지는걸요?"

덕형이 탁주를 한 병 들고 보리밭으로 나갔다. 아직 희끗희끗 잔설이 보이는 보리밭을 명식이 열심히 돌아치고 있다.

날이 풀리고 눈이 녹으면서 땅이 일어나니 보리밟기를 해야 한다. 그래서 아마도 하루 종일 보리밭을 맴도는 것 같다.

"어이, 명식이."

명식이 돌아보고 꾸벅 절하더니 내처 달려왔다.

"서방님께서 밭에 어쩐 일이십니까요?"

"밭일 배우러 왔지."

덕형은 밭둑에 걸터앉으면서 술병과 사발 하나를 내려놓고 품에서 말린 포 두 줄기를 꺼냈다.

"이 철에 배울 밭일이 있을깝쇼?"

"밭두렁에 앉아서 한잔 걸치는 것도 농사일 아닌가?"

"예에?"

명식이 눈을 껌뻑였다.

"어허, 이 사람. 이리 와서 앉게. 자네야말로 아직 날도 다 풀리지 않았는데 뭐가 그리 바쁜가?"

"땅이 다 일어서서요. 오늘 다 밟아주고 내일은 다시 나무하러 가야지요."

명식이 감히 붙어 앉지 못하고 발 아래 쪼그리고 앉았다.

"사내가 계집처럼 자세가 그게 뭔가? 옆으로 와서 양반다리 하시게."

"허이구, 서방님. 그런 말씀을……."

"양반이 따로 있나? 두 다리로 이렇게 앉으면 양반이지. 해보시게."

명식이 송구스러운 듯 곁으로 와서 흉내를 내고 앉았다.

"어허이, 사내끼리 술 마실 때는 똑바로 마주 앉아서 대거리를 하는 게야. 이래서야 어디 장가나 들겠는가?"

술잔을 건네고 술을 부어주었다.

"쭉 들이켜고 넘겨주시게."

명식은 영문을 모른 채 사발을 받아서 내처 마셨다. 그런데 술잔이 하나이니 상전에게 그냥 넘길 수가 없어서 난감했다.

"이리 주시게. 내가 엉성해 보여도 준비가 철저한 사람일세."

덕형은 사발을 소매에서 꺼낸 천으로 쓱쓱 닦고 이번에는 자기가 따라 마셨다.

"커어, 좋다."

다시 명식에게 사발을 건넸다.

"자네 말이야, 혹시 고향에서 마음에 둔 사람 있으신가?"

"예?"

명식은 커다란 눈을 더 크게 뜨고 상전의 눈치를 살폈다. 돌아가신 진사 나으리 이후로 자기에게 말을 제대로 붙여준 사람은 유일하게 서방님이시다. 여자 상전만 득실대는 집에서 지내니 내외하느라 그림자처럼 밖으로 돌면서 머슴 일을 하던 명식이다.

그래도 팔자 좋은 것은, 워낙 동네에 소문난 어진 상전들인지라 배도 곯지 않고 구박도 없었다. 그래서 동네 다른 머슴들은 죄다 부러워했다.

"없어? 자네 올해로 스물일곱이 맞지 않은가? 내가 잘못 알고 있나?"

"그, 그렇습니다요."

"장가들어야겠구만."

명식이 퍼뜩 놀라서 술을 쏟을 뻔했다.

"이 사람, 아까운 술 흘리지 마시게."

"아, 예."

명식은 술을 마시면서도 표정은 어리둥절한 모양새이다.

"그러니 말해보시게. 내 중신을 넣을 테니 점찍어둔 처자가 있으면 실토하라는 말일세."

"그런 것이 소인 같은 것들한테 있겠습니까요?"

"없어? 사내가 되어가지고 연심을 품은 계집 하나가 없다는 게 말이 되나?"

덕형이 소리를 낮추었다.

"혹시 언연이는 어떠신가?"

"예?"

"남자끼리 솔직해야지. 안 그런가? 언연이는 내 보기에 자네를 많이 좋아하는 듯한데⋯⋯."

명식이 안절부절못했다.

"왜? 자네는 싫은가?"

"그, 그게 아니라 언연이는 주인마님의 오랜 몸종인데⋯⋯ 감히⋯⋯."

"이런 젠장, 좋으면 좋다 싫으면 싫다, 딱 부러지지 않고 핑계는⋯⋯. 아, 언연이는 그래서 혼자 살다 죽으라는 겐가?"

명식이 말없이 고개를 숙였다.

"좋아? 싫어? 답답하니 말을 좀 해보시게."

"저야 더 바랄 게 없지만서두⋯⋯."

"그럼 됐네!"

덕형이 명식의 어깨를 쳤다.

"쇠뿔도 단김에 빼랬다고 내 알아서 다 할 터이니 내 중신한 은혜나 잊지 마시게."

덕형이 호쾌하게 웃자 명식도 배시시 따라 웃었다.

정말 쇠뿔도 단김에 뺀다고, 언연과 명식을 혼인시키고 아래채에 살림을 꾸려주었다. 언연이라는 이름, 명식이라는 이름도 두 사람이 태어나자마자 인선의 외할아버지께서 지어주신 이름이다.

"두 사람 사이에서 아이가 태어나면 내가 지어주어야지."

덕형은 흐뭇하게 웃었다.

"그러셔요. 그보다 먼저 우리 아이 이름부터 생각해두시고요."

인선도 행복했다.

햇살 좋은 봄날에 인선은 아들을 순산했다.

집안의 경사였다. 기울어만 가던 집에 복덩이가 굴러들어왔다고 일가친척들도 좋아하고 동네 사람들도 축하해주었다.

몇 주가 지나고 날이 더워질 무렵에 기다렸다는 듯이 덕형이 제안했다.

"이제 아기를 안고 처가에 갑시다. 장모님이 얼마나 좋아하실까?"

"이 바쁜 중에 어디를 가겠어요? 철모르는 사람처럼 그게 무슨 말씀이세요?"

인선은 말도 되지 않는다는 듯 손사래를 쳤다.

"여기 일이야 이제 언연이와 명식이 다 알아서 할 터이니 맡겨두고 갑시다. 명식이 부지런해서 절대 농사 망칠 일은 없을 것이오."

"하지만 어머님께서 우리를 이곳으로 분가하게 해주신 지 얼마 되지도 않았잖아요."

190

"그게 무슨 상관이오? 이 집을 물려받아서 앞으로 쭉 사는 거야 당연지사이고, 당장 강릉의 장모님께서 아이를 얼마나 보고 싶어 하실까 생각해서 가자는 것인데, 어찌 두 가지를 연관 지으시오?"

"정히 가시고 싶으시면 어머님께 먼저 말씀이나 드려보세요."

"벌써 말씀드려보았소. 어머님께서야 당연히 가서 보여드려라, 기뻐하시지 않겠느냐 하셨소."

"그렇다면······."

인선은 그제야 친정 나들이를 수긍했다.

"당신도 참 뻣뻣한 사람이오."

"죄송합니다."

인선은 자신이 너무 우겼나 싶어서 미안했다. 덕형은 서둘러 길 떠날 채비를 하고 인선은 어머니 만나뵐 생각에 마음이 설레었다.

"그래도 어머님께 먼저 들렀다가 가야 해요."

"아, 그럼, 그럼. 그래야지."

덕형은 인선의 마음 씀씀이가 고마워 웃었다.

친정 가는 길은 더없이 좋았다.

온전하지 않은 몸에 멀고 먼 길인데도 불구하고 하나도 힘들지 않았다. 그저 고향 하늘만 바라보아도 몹시 좋아 발걸음에 힘이 들어갔다.

가마를 타고 갈 만한 형편은 아니어서 언연이만 데리고 길을 나섰다. 아직 몸을 온전히 풀지는 못한 인선이었기에 아이는 언연이와 덕형이 교대로 앉고 길을 떠났다.

여자들이 함께하는 길인지라 빠르지는 못해도 별일 없이 대관령 직전까지 왔다. 그러나 대관령에서부터는 이제 험난한 고갯길을 가야만 한다.

덕형이 걱정스러운 얼굴로 인선을 돌아보았다.

"아무래도 대관령만은 가마를 좀 이용해야 하지 않겠소?"

"가마는요, 무슨……. 그런 말씀 마시어요. 얼마든지 걸어서 갈 수 있어요."

"지금은 갈 수 있을지 몰라도 나중에 고생한다고 하지 않소?"

언연이가 옆에서 덕형을 거들었다.

"아유, 나으리는 자상하셔서 여자들 일인데도 참 소상하게 아시네요. 다들 그래요, 산후조리 잘못하면 나중에 꼭 탈이 나게 된다고요."

"산후조리를 더 얼마나 해?"

인선은 언연이를 나무랐다.

"그동안 어머님께서 배려해주신 덕분에 그야말로 황후장상이 따로 없을 만큼 편안하게 먹고 자기만 하면서 쉬었습니다. 더는 필요 없습니다. 자꾸 쉬기만 하면 오히려 몸이 둔해지고 상할 수도 있습니다."

"고집 부리지 마시오."

덕형도 물러서지 않았다.

"내 당신이 다른 걸 고집하면 그냥 들어주겠소만, 당신 몸만은 그렇게 안 되겠소. 노자는 가마를 빌려도 충분하오."

"정히 그러시다면 고개만 넘겠습니다."

"옳지, 그럽시다."

덕형은 좋아서 가마꾼들이 대기하고 있는 마을을 향해 부리나케 달려갔다.

대관령을 넘기 직전의 진부(陳富)에는 언제나 가마꾼들이 대기하고 있다. 보통 몸이 약한 노인이나 여자들이 대관령을 넘기 직전에 가마꾼들을 찾기 때문이다.

덕형은 대기하고 있던 사인교를 이끌고 금방 다시 나타났다.

"아기하고 같이 가마에 올라타구려. 덕분에 언연이도 좀 쉽지 않겠소?"

언연이가 생글생글 웃었다.

"봇짐을 좀 실어도 되지요?"

"그래, 그러거라. 너도 힘들 터인데."

인선이 가마에 오르고 언연이 아기를 건넨 다음, 메고 있던 봇짐까지 가마에 들여보냈다.

"자, 갑시다."

가마는 대관령 험준한 고개를 넘기 시작했다.

대관령고개 위에서 하루를 보냈다. 산마루에 납작 엎드려 있는 주막은 대관령을 넘는 사람들이면 누구나 들러야 하는 곳이다.

인선은 언연이와 함께 남정네들이 머무는 곳을 피해서 뒤쪽으로 들어가 따로 난 방에 자리를 잡았다. 덕형은 바깥쪽에서 가마꾼들과 밤을 지내기로 했다.

인선은 방문을 열어놓고 지나온 대관령 길을 바라보았다. 아버님도 수없이 넘으셨던 길이다. 그리고 이 객주 또한 아버님이 수도 없이 묵으셨을 곳이다.

감회가 새로웠다.

이렇게 해서 대를 이으면서 살아가는 게 사람이구나. 외할머니께서 어머니를 낳으시고 어머니께서 또 나를 낳으시고 내가 또 내 아이를 낳고…….

그리고 그 자손들이 길을 가면서 바로 이 객주에 몸을 누이고 쉬는구나. 그렇게 생각하고 둘러보니 문지방 하나, 비틀어진 기둥 하나도 예사롭지가 않다.

문을 닫고 자리에 누워 천장을 올려다보며 잠을 청한다. 어서 잠들어야 어머니 뵐 시간이 빨리 오지.

14. 바람과 구름風雲

스승이 말했다.

"편치 못한 것은 편안한 집이 없어서가 아니라 편안한 마음
이 없기 때문이고, 만족하지 못하는 것은 충분한 재물이 없기
때문이 아니라 만족해하는 마음이 없기 때문이다."

다음 날, 대관령을 내려온 다음 교꾼들을 돌려보내고 남대천을 따라 걸었다. 고향집이 있는 강릉 바다가 저 멀리 강 끝에 있다. 경포호와 경포대. 아버지와 함께 경포대에서 주고받던 시들이 생각났다.

나이는 백 년을 못 다 살면서
늘 천세의 근심을 가슴에 품는다
낮은 짧고 밤이 길어 괴롭거든
어찌 밤엔들 불 밝혀놓고 놀지 못하랴
즐겁기 위해서는 마땅히 때를 놓치지 말아야지

아버지는 즐겨 외우시면서도 지은이를 모른다고 하셨다. 책에 없으나 워낙 아버지께서 좋아하시고 자주 읊으시니 인선도 결국 외우게 되었다.

무엇 때문에 내년을 기다릴 것이냐
어리석은 자는 비용을 아깝게 여기지만

알고 보면 죄다 세상의 웃음거리로다

주나라 왕자 진은 선술로 불로장생하였다지만

우리가 그처럼 되기는 어려운 일 아닌가

어서 경포대가 보고 싶었다. 아버지 산소도 가보고 싶었다. 강릉
은 죄다 그리운 것뿐이다.

어머님은 홀로 지내시느라 많이 쇠약해지셨다. 덕형과 인선은
나란히 큰절을 올리고 손자를 품에 안겨드렸다.

"좋구나, 좋아."

어머니는 손자를 안고 눈물을 보이셨다.

"아버지를 꼭 닮았구나. 아주 빼다 박았어."

아이를 안고 외할아버지와 아버지 산소에 차례로 들렀다. 신명
화의 봉분 앞에서는 인선보다 덕형이 더 서럽게 울었다.

돌아오는 길에 인선이 물었다.

"사위 사랑이 각별하셨나요? 어찌 그리 서글프게 우셨나요?"

"남자란 원래 남자 때문에 우는 것이오. 스승 때문에 울고 아버
지 때문에 울고 친구 때문에 울고……. 뭐, 나아가서 군주 때문에
우는 게 남자 아니겠소?"

"장인 때문에도 울고요?"

"장인이 아니라 스승님이셨소."

"그런가요? 그런 줄은 처음 알았어요."

"꼭 학당에서 사제 간이 되어야만 스승이 아니오. 나한테는 정말 많은 것을 깨닫게 해주신 어른이시오."

"당신은 참……."

"내가 뭐……?"

"참 감정적인 사람이에요."

"아, 그거야 뭐 늘 그래서 문제지."

덕형은 쓴웃음을 지었다. 항상 감정이 앞서서 일을 그르치기 일쑤다. 어려서부터 그랬다. 도무지 침착할 수가 없어서 실수가 많다. 고치기 어려운 성정이다.

"이제 아들도 낳았으니 한 가지 청을 드려도 되겠지요?"

"무슨 청이오? 아들까지 생산해주었으니 거침없이 말해보구려."

"이제 공부를 시작하셔야지요."

"엇? 공부는 줄곧 해오고 있었소."

"그게 아니라, 이제 출사표를 던지셔야지요."

아, 덕형은 과거 이야기구나 싶어서 얼굴빛이 흐려졌다.

"이제 목표를 세우고 공부에 전념해주세요."

"목표야 뭐 당연히 과거급제가 아니겠소?"

말은 그렇게 했지만 어딘가 모르게 자신 없는 말투다.

"당신……, 설마 포기하신 건 아니겠지요?"

"벌써 여러 번 고배를 마셨더니 이제는 영 자신이 서지를 않소."

"왜 그렇게 약한 말씀을 하세요? 얼마가 걸려도 좋으니 뜻을 세우셔야 해요."

"그래야겠지만……."

덕형은 자신 없는 모양이고 인선은 몰아세웠다.

"그래야만 해요. 설마 몇 번 낙방했다고 해서 그냥 물러나려는 건 아니시지요?"

"그게 아니라……."

덕형은 내친 김에 속마음을 실토했다.

"난 이대로가 좋소. 굳이 꼭 관직에 나가야만 군자는 아니오. 사랑스러운 당신과 아이들과 넉넉지 않으나마 소소하고 평안하게 살고 싶소."

"그게 무슨 말씀이세요? 그러니까 지금 출사표도 한번 내보지 않고 그냥 초야에 묻혀 사시겠다고 말씀하시는 거예요?"

"관직에 오르지 않는다고 해서 초야에 묻히는 건 아니오. 나는 수많은 문우들과……."

"이제 문우들은 끊으세요. 그리고 공부에 매진하세요. 집안 살림은 제가 다 알아서 하겠습니다. 그러니 당신은 오로지 공부에만 정진하세요."

"생각해보리다."

"생각할 것 없이 내일 당장 한양으로 올라가세요."

"내일 당장?"

덕형은 눈이 동그래져서 인선을 바라보았다.

"당신, 어찌 그리 매정할 수가 있소? 북평에 온 지 이제 겨우 사흘인데……."

"남자가 큰일을 앞에 두고 헛되이 시간을 보낼 수는 없지요."

덕형은 넋이 나간 표정으로 인선을 바라보았다. 인선은 쌀쌀맞게 그 시선을 외면해버렸다.

"집에 가면 길 떠나실 준비 해놓을게요."

다음 날, 덕형은 아침 일찍 봇짐을 지고 집을 나섰다. 아내 말이 틀리지 않으니 그래야 한다고는 생각되지만, 집 나서자마자 아들 선이와 아내 모습이 아른대서 뒤통수가 땅겼다.

대관령을 넘을 때는 그 여느 때보다 더 덥고 지겨웠다. 그래도 어차피 한번 들어서면 정상을 지나야만 객주가 있다. 산속에서 밤을 지내지 않으려면 열심히 걸어야 한다.

더위를 참고 죽자 살자 걸어서 겨우 대관령 꼭대기를 밟았다. 그리고 그제야 객주에 들어가서 몸을 누일 수 있었다.

갈 길이 머니 술은 자제해야지.

국밥 한 그릇을 먹는 둥 마는 둥 잠을 청했다. 잠자리에 누우니 갑자기 아내의 언행이 섭섭하기 짝이 없다. 매사에 완벽한 건 알겠는데, 생각할수록 서운하다. 도무지 숨을 쉴 수가 없지 않은가.

사내가 못나지면 안 되는데.

다시 걸었다. 아내와 아들을 데리고 넘을 때는 힘도 안 들던 길인데 이제는 완전히 다른 길이다. 대관령을 넘자마자 진이 다 빠져버렸다.

흐물흐물해진 몸짓으로 평창의 객주에 들어섰다. 평소에 드나들던 객주가 아닌, 약간 외진 자리에 있는 허름한 객주였다.

들어서고 보니 외져서인지 아니면 음식이 형편없어서인지 객주에 사람이 없었다. 아니, 사람만 없는 게 아니라 주인도 없나 싶다.

"주인장."

응답이 없다.

"주모."

역시 응답이 없다.

그늘진 툇마루에 앉아서 잠시 쉬다가, 달그락 소리가 들리는 듯해서 부엌을 들여다보았다. 부엌 안에는 부뚜막에 걸터앉아서 한 무릎을 세운 주모가 혼자 술을 마시고 있었다.

"아, 미안하오. 대꾸가 없어서……."

주모가 고개를 돌려 덕형을 바라보았다. 객주가의 주모치고는 젊었다. 어딘가 모르게 화냥기가 엿보이기도 한다.

"주모 맞으시오?"

"맞으니까 잠시만 기다리세요."

"그러리다."

다시 나가서 이번에는 평상에 앉았다.

"해가 뜨겁지도 않으세요?"

돌아보니 주모가 부엌 문설주에 기대서서 물끄러미 바라보고 있다.

"아, 방에 들어갈 참이었소. 저녁상이나 주시구려. 자고 가야 하니."

"국밥은 없고 백반으로 하지요?"

"더운데 잘되었소. 백반에 탁주나 한 되 주시구려."

"좋은 생각이세요."

주모는 다시 부엌으로 사라졌다.

나물은 없고 겉절이에 아기 손만 한 생선이 나왔다. 냉수를 청해서 말아먹어야 했다. 그나마 다행인 것이 탁주가 일품이었다.

"거, 탁주가 일품이오."

주모가 나타나기에 넌지시 한마디 했다. 주모는 술병을 손에 들고 있었다.

"술맛을 아시네요."

"한잔 하시려오?"

"선비님은 선비님 술을, 나는 내 술을 마시지요."

"뭐, 그렇게 합시다."

마주 앉아서 각자의 술을 마셨다. 일언반구 말도 섞지 않고 그저 마셨다.

술을 다 마시고 상을 물린 다음, 주모가 손가락질하는 방으로 들어가 여장을 풀었다. 날이 여간 더운 게 아니다. 밤이 깊어도 더위가 물러설 줄을 몰랐다. 아직 초여름인데 벌써 이렇게 더우면 올여름은 필시 난리가 아니겠구나.

기나긴 선잠을 자는 듯했다.

아침은 국수로 청해서 먹고 길을 떠나기 전에 지켜선 주모를 향해 한마디 물었다.

"주모는 성함이 어찌 되시오?"

"향희라고 부르세요. 성은 알 거 없고."

"그러리다. 잘 쉬었다 가오."

덕형은 내키지 않는 걸음으로 주막을 나서고 한양으로 향했다.

15. 주락酒樂

마주 앉아 술잔을 나누면, 산에는 꽃이 피네
한 잔, 한 잔, 또 한 잔
내 취해서 잠들고자 하니 그대는 돌아가시라
내일 아침에 생각이 있거든 거문고 안고 오시라

덕형은 햇볕 뜨거운 길을 걸으면서 간간히 한양 쪽을 바라보았고, 주저앉아서 쉴 때면 한양이 아닌 평창을 바라보았다.

'묘하구나.'

아내는 정숙하고 곱다. 현모양처의 전형이다. 아직 모르는 일이지만 아이들도 당연히 잘 길러내고 잘 가르칠 것이다.

그에 비하면 주막의 여인은 참으로 천박하고 그늘지고 박복해 보인다. 행동거지가 흐트러져 있고 처음 만난 뭇 사내에게도 거침이 없다.

그런데 어째서 끌리는가.

한양으로 향하다 말고 돌아섰다. 이대로 가서 공부가 될 리 없다. 객주의 여인 때문이 아니라 공부에 매진할 마음이 일어나지 않는다.

저녁 무렵, 다시 평창으로 들어갔다. 아침에 나왔던 객주로 들어서는데, 객주 안이 떠들썩하다. 술상이 거나하게 펼쳐져 있고 장사치로 보이는 사내 서넛이 평상에 앉아서 술을 마시고 있고, 그 끝자락에 향희가 걸터앉아 있다.

으흠. 헛기침을 하고 들어섰다. 그런데 들어서는 모습이 눈에 띠자 향희가 벌떡 일어나면서 반갑다는 듯이 손뼉을 쳤다.

"어머나! 때마침 오시네."

덕형은 뜨악해서 향희를 바라보았다.

"임자 있다고 해도 도대체 믿지를 않더니, 임자 나타나셨네. 오
호호."

멀거니 보고 서 있는 덕형을 사내들이 흘끔거렸다.

"어서 방으로 들어가요. 더웠죠?"

이렇다 저렇다 말도 못하고 방으로 들어갔다. 밖에서 두런대는
소리는 있는데 그 뜻이 귀에 들어오지 않았다.

"에구, 자자, 이제 그만들 갈길 가시구려. 뭐 더 있어봐야 될 일
없다니까?"

향희의 목소리가 들려오고 사내들이 치받는 목소리도 들려온다.

"젠장, 누가 주모 보러 오나?"

"객적은 소리 몇 마디 했다고 정말인 줄 아나?"

"어서 감세, 가."

사내들이 가버리는 듯했다. 말로는 아니라지만, 묵을 것도 아니
면서 평상에 자리 잡은 것이 정말 바라는 바가 있어서였던 듯싶다.

방 안에 멀거니 앉아 있는데, 신세가 좀 묘했다.

'이거야 원, 뭐라고 하나.'

심란한 때에 향희가 살짝 열린 방문에 얼굴을 기대서서 들여다
본다.

"술?"

"음?"

향희는 웃으면 붉은 입술이 비틀어지는 묘한 인상이다.

"밥은요?"

"먹어야지."

저녁노을이 붉게 비쳐드는 평상에 저녁상을 놓고 마주 앉았다.
향희는 따로 자기가 마실 술병을 옆에 놓고 앉았다.

"꼭 그렇게 따로 자기 술을 챙겨야 하는가?"

"술값 원할까봐서요."

"무슨 술값?"

"술 몇 사발에 팔릴 몸뚱어리는 아니어서요."

"말 좀 가리시게."

"선비님하고 장사꾼들하고 다르게 말해야 하나요?"

향희는 피식 웃고 덕형의 사발에 술을 부었다.

"곱게 말하는 법을 배우기는 했는데, 써먹을 데가 없는 팔자라
서 다 잊어버렸어요."

"잊으면 되겠는가? 가진 건 지키고 살아야지."

"지켜져야 지키지요. 객쩍은 말씀 마시고 어서 허기나 면하세
요."

"사람 참……."

서로 마주보고 피식 웃었다.

맨밥에 가까운 저녁을 먹고 장아찌와 오이를 안주로 술을 마시기 시작했다. 술 두어 병에 피차 얼큰해지고 땅거미가 짙어져서 호롱을 내와야 했다.

"별이 뜨네그려."

밤하늘을 올려다보았다. 향희도 같이 올려다보았다. 초승달 주변으로 별들이 아득하다.

덕형이 시를 읊었다.

배는 흔들려 가볍게 드놓이고
바람은 옷자락을 날리는구나
나그네에게 앞길을 물어서 가니
새벽빛 희미한 것이 한스러워라

향희가 물었다.

"도연명(陶淵明)이지요?"

의외였다.

"도연명을 아는가?"

"아무리 객주에서 썩는다고 도연명 모를까?"

향희는 눈을 흘긴다.

"그럼 임자도 한 번 대구해보구려."

가을바람 부니 흰 구름 날린다
초목은 누렇게 지고 기러기는 남쪽으로 나는구나
난은 빼어나고 국화는 향기로워라
아름다운 이를 생각하매 잊을 수가 없음이여

"그다음은 잊었어요."
"한 무제(漢武帝)의 〈추풍사(秋風辭)〉 아닌가."

누선을 띄워 분하를 건넌다
중류에 가로 걸쳐 흰 물결이 솟는구나
소고는 울고 뱃노래를 불러낸다
환락이 극진하면 애정이 많으리라
젊음이 몇 때런가, 늙어짐을 어이 하리

"오늘은 공짜 술을 드리렵니다."
향희가 일어나서 부엌으로 들어갔다.
"어허허, 공짜술이라."
과거에 나가서는 종이 값만 날리는 주제인데, 술이라도 공짜로
얻어 마실 만하다니 그것 괜찮군.

"왜 돌아오셨어요?"

향희의 눈빛이 날카롭기도 하고 요염하기도 하다.

"모르겠네. 그저 부질없어서 돌아섰네."

"한양 살이가 부질없으면 절에라도 들어가시게요?"

"선비가 절간에 가다니, 해괴한 말일세."

"그럼 혹시 소녀 때문에 돌아오신 건 아니고요?"

향희가 한 무릎을 세우고 바짝 다가들어서 눈을 마주쳤다. 눈매가 서글서글한 줄 알았더니 매섭게 노려보는 눈이다.

"그걸 모르겠네."

솔직히 말했다.

"으흐흐, 솔직도 하셔라."

말이 끊기고 내처 술을 마셨다. 둘 다 주량이 약해서인지 꽤나 취한 듯하다.

"임자는 어째서 혼자 사시는가? 식구가 아예 없던가? 아니면 피치 못해 헤어져 사는가?"

"헛, 웬 그런 걸 물어보고……."

향희가 어이없다는 듯이 헛웃음을 흘렸다. 고개를 돌려 하늘을 올려다보는데 언뜻 눈가에 이슬이 비친다. 인생의 질곡은 주름에서 온다는데, 향희는 눈매에서 전해져왔다.

"미안하네."

덕형은 고개를 숙이고 술잔을 만지작거렸다. 주제넘게 남의 사

210

연은 물어서 어쩌겠는가. 등 떠밀려 집을 나섰지만, 갈피를 잡지 못하고 부유하는 자기 신세나 관여할 일이지.

"아니어요. 그저…… 소녀가 입에 담기 싫어서 그래요."

"그래, 그럼세."

다시 말없이 술을 마셨다.

어디선가 풀벌레가 울었다. 덕형은 평상에 누워 새벽하늘을 바라보았다. 곁에 매달려 잠이 든 향희는 술에 취해서인지 아기처럼 입술로 피리를 불며 잤다.

팔이 저렸지만 그대로 두었다.

"방향은 정하셨나요?"

향희가 아침상을 내오면서 물었다.

"정하지 못했네."

스스럼없이 말했다.

"그럼 올라가셔도 장원급제하긴 틀리셨네요, 선비님."

어허허. 숟가락을 들다 말고 어이가 없어서 웃어버렸다.

'참으로 고약하군. 내키는 대로 말하는 계집이로고.'

그게 싫어야 하는데, 요상하게 좋았다.

"장날인데 찬거리 좀 사야겠어요."

향희가 마주 앉으며 수저를 들었다.

"아, 그래. 내 조금 보탬세."

전대를 찾는데 향희의 손이 그 손을 탁 쳤다. 놀라서 쳐다보니 눈을 무섭게 뜨고 있다.

"누가 돈 달랬어요?"

"아, 아니. 그게 아니라……."

"더 계실 거면 상다운 상 좀 차리려고요."

"아, 그렇군."

"더 계시겠지요?"

"그러겠네."

아내는 단 한 번도 감히 손을 치거나 하지 못했다. 지아비의 몸에 손을 댈 리 없는 여자다. 혼쭐을 내야 하건만, 이게 참 묘하다.

"다녀오시게."

"같이 가요."

"어헛, 동네에 소문내고 다닐 작정이신가?"

"여기 아는 사람이라도 살아요?"

"그건 아니지만 남녀가 유별한데 어찌……."

"따로 가면 되지요. 장터 구경이나 하세요."

"그럴까?"

싫지 않았다.

16. 먹구름暗雲

스승이 제자를 이웃나라에 보내 관직에 있도록 했다. 그러나 제자는 금방 돌아와버렸다.

스승이 물었다.

"어찌하여 이토록 빨리 돌아온 것이냐?"

제자가 대답했다.

"약속을 지키지 않았기 때문입니다. 그들은 저에게 약속하기를 곡식 1천 동이를 녹봉으로 주겠다 하고 그 절반만 주었습니다. 그래서 돌아온 것입니다."

스승이 다시 물었다.

"녹봉이 1천 동이를 넘어도 그곳에서 돌아올 작정이었느냐?"

제자가 대답했다.

"돌아오지 않았을 것입니다."

스승이 말했다.

"그렇다면 너는 약속을 지키지 않아서가 아니라 녹봉이 적어서 돌아온 것이다."

가을비가 내렸다. 여름이 지나면서 비가 한 차례 내릴 때마다 날이 시원해지니, 이제 추수를 준비하면서 농사의 마무리를 지을 계절이다. 다른 지방보다도 북평마을에는 가을이 일찌감치 온 느낌이다.

인선은 일꾼들과 함께 농사일에 여념이 없었다. 집안에 사내가 없으니 늙으신 어머님을 편히 모시고자 인선이 부지런을 떨어야 했다.

날이 빨리 추워지는 강릉에서는 당연히 추수도 서두른다. 그리고 추수를 서둘러야 보리농사를 시작한다. 논에 물을 빼고 보리를 심어도 남쪽 지방처럼 보리농사가 썩 잘되지는 않는다.

그래도 심어놓으면 없는 사람들이 적은 소출이나마 겉보리를 건질 수 있으니 언제나 없는 사람들을 위해서 보리를 심었다.

그러면 춘궁기에 가난한 사람들이 배를 곯지 않을 수 있다.

"이렇게 나오셔서 흙을 만지시지 않아도 됩니다, 아가씨."

들판에서 마주치면 먼저 길주가 달려와서 극구 만류하고 머슴들도 송구스러워했지만 인선은 그들을 설득했다.

"내가 이렇게 나서면 다들 불편해하는 줄 알아요. 하지만 집마다 일손이 부족해서 돌아가면서 품앗이를 해도 제대로 해낼지 모를 시절인데 가만히 앉아서 구경만 할 수는 없잖아요. 불편하더라도 다들 좀 이해해줘요."

하루 이틀 그러다가 말겠지 하던 사람들이 이제는 인선이 진심으로 돕겠다고 나섰구나 싶어서 그냥 어울려 일하게 되었다.

"해보시지 않은 일일 터인데……."

"아녜요. 몸 움직이는 일이라면 한양에서 하던 일이 훨씬 더 힘들었어요."

인선은 일손을 보태고 새참을 챙기면서 가을을 보냈다. 온 마을이 바쁘기도 했지만, 사실 열심히 일을 하는 것이 잡념을 없애는 좋은 방법이기도 했다.

하루 일을 마치고 선이를 안고 사임당에 들어가 누우면 그제야 설움이 북받쳤다. 사랑하는 사람에 대한 실망감에 가슴이 찢어질 것만 같았다.

한양으로 가든가 아니면 돌아오든가, 이제나 저제나 소식을 기다리는데 그 사람 소식은 감감 무소식이다.

운도 아범을 보내면서 차마 이러니저러니 하지 못하고 그저 소식만 슬쩍 알아오라고 하면 운도 아범이 평창으로 가고는 했다.

"그저 어찌 지내시는지만 알아보고 오세요."

운도 아범이 평창으로 가고 나면 가슴을 졸였다. 혹시라도 한양으로 가지 않았을까, 이제라도 마음을 다잡고 한양으로 가셨으면…….

그러나 언제나 운도 아범은 실망스러운 소식을 안고 돌아왔다.

"서방님께서는 아직…….."

이제는 백발이 성성한 운도 아범은 언제나 말을 끝내지 못하고 고개를 돌려버렸다.

"괜찮아요, 아저씨. 괜히 힘든 걸음을 하셨네요."

담담하게 말하고 돌아섰지만, 그럴 때마다 가슴에 커다란 맷돌이라도 얹힌 듯했다.

어느 때는 평창의 장터를 여인네와 함께 돌아다니는 걸 보았다는 사람 말도 전해 들었다. 객줏집 여인이라고 한다.

'어찌 이러실 수가…….'

기가 막혔다.

아버지는 어머니와 사이에 아들을 낳지 못했다. 그래도 아버지는 평생 다른 여인을 거들떠도 보지 않았다.

주변에서는 아버지에게 아들 볼 여인을 따로 구하라고 난리였다. 집안 어른들의 성화도 성화지만, 특히 할머니의 재촉이 이만저만이 아니었다.

그러나 아버지는 눈도 꿈쩍하지 않으셨다. 보다 못한 어머니께

216

서 아버지에게 아들을 보기 위해 후처를 들이라고 강권하기 시작
했다. 말을 들으시지 않자, 이번에는 시어머니와 짜고 그냥 씨받이
라도 들이자고 했다.

아무리 그래도 아버지는 다른 여인에게 눈을 돌리지 않으셨다.

어릴 적 엿들었던 아버지와 어머니의 대화를 인선은 아직도 또
렷하게 기억한다.

- 내게는 당신뿐이오.

- 알고 있습니다. 후처는 이제 권하지 않겠습니다. 그냥 한번 품
으셔서 아들만 생산하게 하시면 됩니다.

- 어허, 사람이 무슨 종마도 아니고……. 어찌 그렇게 잔인하게
말하는 것이오?

- 대를 이을 아들은 보아야 하지 않겠습니까? 당신이나 내가 간
뒤 이 집안은 누가 이어가겠습니까? 집안에 사내가 있어야 하지
않습니까?

- 아이들 들으면 섭섭하겠소. 딸들이 있으니 사위를 들이면 사
내가 있는 것이고, 알아서 잘 이어갈 것이오.

- 제사는요?

- 헛, 참나……. 죽은 뒤까지 걱정하시오? 제삿밥 먹지 못해 배
곯을까봐?

- 어찌 그리 억지를 쓰십니까?

- 억지는 당신이 쓰고 있질 않소?

  가끔 어머니께서 여자를 들이려고 골라서 만났다가 아버지께서
아시고 노발대발 화를 내는 바람에 생전 안 하시던 부부싸움을 하
기도 하셨다.
  인선은 바로 그게 사랑이라고 여기면서 자랐다.
  서로를 너무 사랑하던 아버지와 어머니였다. 이 세상에 다른 여
자 보지 않는다고 싸우는 내외가 또 어디 있을 것인가.
  '소첩은 이미 아들을 생산하였습니다. 그런데 어찌 이러십니
까?'
  투기를 하려는 건 아니다. 그렇게까지는 바라지 않지만 적어도
입신양명은 해야 하지 않은가. 첩실을 들이는 일은 그 후에 해도
늦지 않다.
  가슴이 아팠다.
  어느 때는 가슴이 찢어지는 듯한 고통을 느끼기도 했다. 숨이 가
쁘고 가슴에 돌덩이가 얹힌 듯하다가 어느 때는 뒤틀리듯이 아프
기도 했다.
  가슴에 지병이 온 것 같았다.

  운도 아범이 여러 번 평창까지 갔다 오는 사이에 번이가 태어났
다. 그리고 마침내 겨울이 되고 번이가 태어나서야 방물장수 편에

집으로 오겠다는 덕형의 전갈이 도착했다.

눈발이 슬슬 날리는 동짓달 첫날에 덕형은 수척해진 얼굴로 대문을 들어섰다. 모두가 놀라서 달려나왔지만, 덕형은 꾸벅 장모님께 인사만 하고는 사임당 쪽으로 돌아섰다.

운도 아범이 얼른 달려가서 사임당의 문을 열었다.

문이 열리고 선이를 안고 누운 사임당이 놀라서 몸을 일으켰지만, 덕형은 인선을 바라보며 선뜻 댓돌 위에 오르지 못하고 잠시 망연한 표정으로 지켜만 보았다.

인선은 말없이 옷매무새를 고치고 앉았다.

덕형은 천천히 사임당으로 들어서고 식구들은 다들 눈치를 보며 흩어졌다. 운도 아범이 얼른 사임당의 문을 닫고 돌아섰다.

인선은 객주에 대해서 내색하지 않았다. 그런 시기 질투보다 공부에 대해서 따지고 싶었다.

"공부가 두려우십니까?"

덕형이 한숨처럼 대답했다.

"내 재주 없음이 두렵소."

인선이 다시 물었다.

"해보지도 않고 어찌 장담하십니까?"

덕형이 쓰디쓰게 웃었다.

"이미 여러 차례 해보았소."

인선이 차갑게 다시 물었다.

"마음이 다른 데에 있으시질 않습니까?"

덕형은 고개를 떨구었다.

"미안하오."

"그럼 이제라도 마음을 다잡으시지요."

"그래야겠지만……."

인선이 번이를 가리켰다.

"둘째가 태어났습니다. 소첩에게 섭섭한 일이라도 있으십니까?"

있을 리가 없다. 처가의 선대에는 손이 귀했지만, 인선만은 아니다. 게다가 무엇 하나 모자람이 없이 완벽하게 행동하는 현모양처가 인선이다.

"섭섭할 게 무엇이겠소? 그저 미안함뿐이오."

"그러면 어서 마음을 다잡으셔서 공부에 전념해주세요. 이 소첩의 소원입니다."

"그래야지."

덕형은 고개를 끄덕였다.

"약조해주실 수 있겠습니까?"

"약속하리다."

덕형은 다짐했다.

향희는 피식 웃었다. 평상 위에는 눈이 소복하게 쌓인 겨울밤이었다. 눈이 많이 내리는데 어찌 왔나 싶은 밤이었다. 그런데 덕형은 오자마자 대뜸 이제 다시 오지 않겠다고 말했다.

"미안하네."

"웬걸요."

향희는 그저 웃었다.

"저도 이제 싫증이 나던 참이었어요. 어서 가버려요."

덕형은 방으로 가서 문턱에 걸터앉았다.

"이 밤에야 갈 수 있겠는가. 아침이면 가겠네."

"평창에 객주가 여기 하나던가요?"

"왜 이러시나? 어른스럽게 받아주시게."

"그럼 그러시든지요."

향희는 자기 방으로 들어가버렸다. 덕형은 방에 들어가서 웅크리고 앉았다. 방이 차다. 불을 넣지 않았으니 당연했다.

'냉골이면 어떠랴. 여기서 혼자 지내고 해가 뜨면 나서리라.'

아내와의 약속을 생각해서 홀로 밤을 지내겠다고 생각했다. 처음부터 다른 객주로 갈까도 생각했지만, 의리가 그게 아니어서 말이라도 전하려고 왔던 길이다.

깜빡 잠이 들은 듯한데, 방이 따뜻하다. 자신도 모르게 따뜻한 방에서 네 활개를 펴고 잤던 것이다. 몸을 일으키고 보니 문 쪽에 작은 밥상이 놓여 있다.

말없이 밥상을 바라보았다. 색 바랜 밥상보가 괜히 서럽다.

'이러면 안 돼.'

덕형은 벌떡 일어났다.

한양에 올라가서 틀어박혔지만 결과는 좋지 않았다. 죽어라 공부했지만 뜻대로 되지 않았다. 어찌 이리 관운이 없을까 싶었다.

고배를 마시고 가을에 북평으로 가서 가족을 만났으나 반가움보다 창피함이 앞섰다. 그래도 아이들이 보고 싶어서 내려오지 않을 수는 없었다.

그리고 내려와서 기다리던 딸의 출산을 보게 되었다. 남들이 들으면 복에 겨운 소리라고 할 테지만, 사실 딸이 하나 있기를 간절히 바랐다.

신이 나서 과거에 낙방한 일도 잊어버릴 지경이었다. 그러나 인선은 여전히 들뜨거나 움직이지 않는 태도 그대로였다.

"잘 오셨어요. 이제 딸 얼굴도 보셨으니 다시 가셔서 매진하셔야지요."

"당신 산후조리도 해야 하는데, 이제 겨울은 여기서 지낼까 생각했소만……."

"무슨 말씀이세요? 저와 하신 약조를 잊으셨습니까? 공부를 게을리하지 않는다고 하셨지 않습니까?"

"그래도 그렇지, 아이들이 생길 때마다 내가 당신 곁에 없었지

222

않소? 장모님 뵙기도 민망하고…….."

"그런 사소한 생각일랑 접으시고 매진해주세요. 집안은 소첩이
다 알아서 꾸려갈 것입니다."

"알고 있소. 당신이야 어련하겠소? 명절 지내고 곧바로 올라가
리다."

인선은 그제야 표정을 풀었다.

덕형을 채근했지만, 사실 인선은 남편이 곁에 있는 겨울이 좋았
다. 이 세상 어느 아내가 남편의 곁을 마다하겠는가. 남편이 멀리
출타하는 걸 반길 아내는 없다.

다만 인선은 남편이 당당하게 과거에 급제하고 관직에 나서기
를 바랄 뿐이었다. 관직이 높고 낮음은 개의치 않았다. 사내로서,
떳떳한 아버지로서 살아가는 남편이기를 소망했다.

그리고 그 소망은 인선 자신이 여자이기에 풀지 못한 한을 풀려
는 뜻도 있었다.

원단이 지나고 보름이 다가오자 이제 남편을 다시 떠나보내야
했다.

"행장 꾸려놓았습니다."

번이를 안고 마당에서 나뭇가지 위에 앉은 눈을 털며 장난하는
덕형에게 다가가 넌지시 말했다. 인선은 매창을 안고 있었다.

"아, 그런가."

덕형이 번이를 안고 돌아섰다.

"서두르시지 않으면 오늘 안으로 대관령을 오르지 못하십니다."

"그렇지."

번이를 내려놓는데 몹시 아쉬웠다. 정월 보름이면 이제 절기가 시작되는 시기이고, 보름에 집에 없으면 철모르는 남편이 되는데, 덕형에게는 한 해의 공부를 시작하는 시기가 된다.

덕형은 인선을 바라보며 부드럽게 웃었다.

"어젯밤에는 날 떠나보내기 싫다고 하지 않았소?"

"지아비를 떠나보내는 게 좋은 아내가 어디 있겠습니까?"

"맞는 말이오. 내 어서 출세해서 당신을 편하게 해주어야 하는데……."

"꼭 출세를 바라서는 아닙니다. 높은 관직이 아니어도 괜찮으니 노력하는 모습만 보여주세요."

"이거야 원, 어머니한테 듣는 말 같구려."

덕형은 웃어버렸다.

"내 이번에는 당신을 실망시키지 않으리다."

"믿고 있습니다."

사실 지난 몇 년을 지옥같이 보냈다. 남편이 객줏집 주모와 정분이 나서 평창에 내내 틀어박혀 지내는 바람에 가슴속에 돌덩이가 얹혔다. 그래도 이렇게 다시 제자리로 돌아와준 남편이 고마웠다.

덕형이 떠나고 나서 날이 막 더워질 무렵부터 태기가 있었다. 한 해의 농사일이 바쁘게 시작되는 계절에 문득 몸에 느낌이 왔다.

"다산이로구나. 너는 참으로 훌륭하다."

어머니는 인선을 대견스러워했다. 손이 귀한 집안이었는데 인선만은 달랐다.

"네 외할아버지께서 얼마나 좋아하시겠니? 네 아버지도 그렇고……."

인선도 기뻤다. 아기를 갖는 것이 고생스럽기는 하지만 자식을 많이 생산하는 것이 여자로서 행복한 일이라고 여겼다.

누구보다 잘 키우리라.

17. 현룡見龍

율곡은 〈진복창전〉에서 이렇게 말했다.

"군자는 마음속에 덕을 쌓는 까닭에 마음이 늘 태연하고, 소인은 마음속에 욕심을 쌓는 까닭에 그 마음이 늘 불안하다. 내가 진복창의 사람됨을 보니 속으로는 불평불만을 품고 있으면서도 겉으로는 태연한 척하려 한다. 이 사람이 만일 뜻을 얻게 된다면 나라의 근심이 커질 것이다."

율곡이 일곱 살 때 일이다.

덕형은 일 년 내내 공부에 파묻혔다. 철 지나는 줄도 모르고 공부에 매달렸다. 그리고 과거를 보았지만 이번에도 보기 좋게 낙방하고 말았다.

도무지 이해할 수가 없다.

평소에는 친구들이나 동문수학하던 친구들이나, 주변 누구와 어울려도 시서와 선문답에 막힘이 없다. 그런데 과거를 보려고 과장에만 들어서면 갑자기 눈앞이 하얗게 변하고 알던 것도 생각이 나지를 않는 것이다.

나는 도무지 시험에 재주가 없구나.

그저 자신의 못남이 한스러울 뿐이었다. 그렇게 과거를 망치고 다시 돌아와 앉으면 책이라는 책은 모조리 가져다가 불살라버리고 싶은 마음뿐이다.

그렇게 가을이 지나갔다.

어느새 겨울이 왔다. 눈이 많이 내리는 겨울은 덜 추워야 한다는데 어찌 된 일인지 올해 겨울은 눈도 많이 내리면서 춥기도 여간추운 것이 아니었다.

아내가 보고 싶다. 방황할 때에는 평창의 향희와 함께했지만 막상 힘들고 외로워지면 언제나 아내가 보고 싶었다.

'이대로 가서 또 뭐라고 한다는 말인가.'

그렇다고 해서 그냥 혼자 겨울을 율곡촌에서 지내기는 싫었다. 혼자서 이렇게 고배를 마시면서 지내는 게 지긋지긋했다.

덕형은 결국 보따리를 쌌다.

유난히 추운 겨울을 율곡촌에서 보내고 싶지 않았다. 이제 곧 원단이니 아내도 반겨줄 것 같았다.

게다가 아내는 매창을 낳고 여러 해를 터울로 이제야 새로 아이를 생산할 때가 되지 않았는가. 이번에는 기어이 산후조리를 곁에서 살펴주리라 마음먹었다.

그렇게 나서기는 했지만 막상 겨울 길은 언제나처럼 춥고 힘들었다. 이레를 내처 걸어서 평창에 도착한 후에는 이제 더는 움직이지 못하고 그만 쉬어 가야만 했다.

평창은 대관령을 넘기 직전이다. 그래서 험한 산을 넘기 직전에 다들 쉬어 가게 마련이다.

그리고 덕형에게는 질긴 인연이 있는 곳이다.

한때 정을 나누던 여인이 있는 곳이다. 그게 비록 현실을 잊고 싶어서 숨어든 도피행각이었다고는 하나, 마음에 있으니 함께 지냈을 것이다.

228

게다가 공교롭게도 그 어느 날처럼 눈이 펄펄 내리자 불현듯 향
희 생각이 났다.

　"어머?"

　향희는 눈을 쓸다가 덕형이 들어서는 모습을 보고 눈을 동그랗
게 떴다.

　"눈이나 그치면 쓸 일이지."

　덕형은 짐짓 아무렇지도 않은 척 툇마루로 가서 걸터앉았다.

　"무료하고 적적해서요."

　향희도 아무렇지 않은 듯이 눈을 계속 쓸어댔다. 덕형은 신을 벗
고 눈을 털었다.

　"눈이 이렇게 계속 내리니 내일 갈 길이 걱정이구만."

　"강릉 가세요?"

　"아니면 이쪽으로 왜 왔겠나?"

　"아하!"

　향희는 헛웃음을 터뜨리고 부엌으로 들어가버렸다. 덕형은 염
치가 없어서 그냥 방으로 들어가 행장을 푸는데 향희가 다시 불쑥
나타나서 묻는다.

　"저녁은요?"

　"먹어야지. 준비해줄 수 있겠는가?"

　"아무려면 객주에서 밥 안 팔까."

다시 사라진다.

따뜻한 구들에 들어앉아서 향희의 시중을 받으면서 저녁을 먹고 술을 마셨다.

서로 아무 말도 하지 않았다. 어찌 살았냐고도 묻지 않았다. 같이 말없이 있어주는 향희가 고마웠다. 보기보다 속이 있는 여자다.

저녁상을 물리고 이부자리를 펴는데 향희가 움직이지 않고 물끄러미 바라본다.

"가서 주무시게."

시선을 피하면서 말했다.

"어째서요?"

"그래야 할 듯하네."

향희가 일어나서 문을 열고 나가다 말고 돌아본다.

"그런데…… 왜 오셨어요?"

"모르겠네."

덕형은 솔직하게 말했다.

"오기는 왔는데, 왜인지 모르지만 오늘은 아니 되겠네."

향희는 또 헛웃음을 터뜨리고 문을 쿵 소리가 나도록 거칠게 닫아버렸다.

대관령을 넘는 일이 보통 일이 아니었다. 눈보라가 거세졌다가 금방 괜찮아졌다가 해서 고갯마루 객주에서 새우잠을 자면서 눈치를 보다가 어찌어찌 사냥꾼들 도움을 받아 길을 찾아 나섰다.

사냥꾼들도 걸음이 더딜 지경으로 눈이 내렸다. 잘못 나선 것인가 싶을 정도였다. 바람소리가 귀신 곡하는 소리로 들리고 가끔 산짐승들이 슬피 우는 듯한 소리도 들려왔다. 힘들게 넘어서 겨우 강릉 땅을 밟고서야 목숨은 건졌구나 싶었다.

집에 와서 보니 발가락 두어 개에 얼음이 박였다. 인선이 미지근한 물을 가져다가 천천히 주물러서 빼기 시작했다.

"내 사흘 전에 평창 근처 객주에 있다가 이상한 꿈을 꾸었소."

인선은 고개를 들어 덕형을 바라보았다. 그 시선에 움찔했다.

"사실 당신도 알다시피…… 그러니까……."

"알고 있습니다."

"계속 머물던 객주인데……. 미안하오, 날도 어둡고 추워서 그만……."

인선이 다시 고개를 숙이고 발 주무르는 일을 계속했다.

"솔직히 말하리다. 중요한 일이어서 하는 말이니 이해해주구려."

"무슨 말씀이시기에요?"

"여느 때처럼 동침하자는 걸 거절했소. 왜인지 꼭 그래야 할 것만 같아서 말이오."

인선은 아무 대꾸가 없다.

"그런데 밤에 혼자 자다가 이상한 꿈을 꾸었지 뭐요?"

인선이 잠자코 들었다.

"아 글쎄, 꿈속에 현묘한 빛 덩어리가 이리저리 노닐더니 그 빛을 뚫고 커다랗고 시커먼 용 한 마리가 나를 향해 냅다 달려들지 않겠소? 기겁을 해서……."

"태몽이에요."

인선이 담담하게 말해서 오히려 덕형이 놀랐다.

"응?"

"소첩도 꾼 꿈이에요. 빛 덩어리가 검은 용으로 변하더니 내 품에 와서 아이로 변했어요."

"언제 꾼 꿈이오?"

"사흘 전에 꾸었어요."

덕형은 멍하니 인선을 쳐다보았다. 인선은 덕형의 발을 주무르면서 슬며시 웃었다.

"아이가 아빠한테 자기가 태어날 터이니 부정한 짓 말라고 해준 것 같네요."

"그, 그러니까 말이오."

덕형은 얼결에 고개를 끄덕였다.

"이제 좀 누우세요."

인선은 몸을 일으키려다가 그만 다시 철퍼덕 주저앉아버렸다.

"여, 여보!"

인선이 배를 두 손으로 움켜잡았다.

"어서 나가셔서 어머님을……."

"어? 오오! 그래, 그래!"

덕형이 방정맞게 발을 구르면서 달려나갔다.

아들이었다. 금줄에 고추를 줄줄이 매달고 이름을 현룡이라 지었다. 태몽부터가 예사롭지 않아서 크게 될 인물이라고 집안 모두의 기대가 컸다.

현룡은 기대에 부응이라도 하듯이 건강하고 명석하게 자라주었다. 세 살이 되면서 벌써 글을 읽고, 읽으면 외웠다.

외할머니가 석류를 보여주면서 이게 무엇이냐고 묻자, 그냥 석류라고 하지 않고 책에서 읽었던 구절을 생각해내서 시처럼 대답하기도 했다.

"은행 껍질은 푸른 옥구슬을 머금었고 석류 껍질은 부서진 붉은 진주를 싸고 있네."

세 살에 그 정도였으니 인선은 현룡 덕분에 온갖 시름을 다 잊을 정도였다. 현룡을 데리고 거닐면서 세상 이치를 알려주고 궁금한 것을 묻게 하여 모자간의 대화를 주고받는 것이 하루의 낙이었다.

현룡은 총명해서 어린 나이부터 어머니의 말씀을 이해하고 그대로 실천하려고 들었으며, 책을 가까이해서 아직 어리고 글자도 잘 모르는 시절에도 항시 책을 들고 놀았다.

현룡은 그렇게 북평마을에서 자라다가 태어난 지 여섯 해 만에 파주 율곡촌으로 이사하게 되었다. 파주 율곡촌에는 아직 벼슬이 없는 덕형이 한양에서 지내다가 순전히 현룡을 보기 위해서 들르고는 했다.

율곡촌은 현룡에게 더없이 좋은 환경이었다. 넉넉하지는 않아도 그런대로 먹고는 살았고, 주변이 한가하고 조용해서 글공부하기에 좋았다.

인선은 바쁜 집안일을 하면서도 날마다 현룡을 가르치기에 여념이 없었다. 게다가 현룡은 여느 형제들과 달리 너무 총명하고 배우는 일에 집념이 강했다. 덕분에 현룡은 또래 아이들보다 훨씬 성숙한 아이가 되었다.

덕형도 집에 오면 현룡을 데리고 여기저기 나돌아 다니기를 즐겼다. 조상 대대로 살아온 곳이기도 하고 자신의 고향이기도 한 파주 일대를 데리고 다니기도 하고, 가끔은 멀리 해주까지 나들이를 했다.

화석정(化石亭)에 올라서였다. 멀리 임진강이 보이는 멋진 누각으로 오대조인 이명신이 지은 것이었다. 현룡은 화석정에 올라서 임진강을 바라보며 시를 읊었다.

숲속 정자에 가을은 이미 저무는데

시인의 마음은 끝이 없구나

멀리 강물은 하늘에 닿아 푸르고

서리 맞은 단풍은 해를 향해 붉었네

산은 외로이 둥근 달을 토해내고

강은 만 리의 바람을 품었네

변방의 기러기는 어디로 가는지

저무는 구름 속에 울음소리 끊어지네

덕형은 현룡을 바라보며 감탄을 금치 못했다.

"참으로 꾸밈도 기교도 없이 명료하구나."

현룡은 무안한 듯 웃었다.

"책에서 읽은 것을 가지고 재주를 부려보았습니다. 제 것이라고
할 수 없습니다."

"허허, 녀석⋯⋯."

눈에 넣어도 아프지 않을 아들이었다.

18. 율곡栗谷

퇴계는 율곡에게 답시를 보냈다.

"병든 나는 문을 닫고 있어 봄이 온 줄을 몰랐는데, 그대가 찾아와 내 마음을 상쾌하게 열어주었소. 높은 명성에 헛된 선비 없음을 비로소 알았으니, 몸가짐도 변변히 못해온 내가 부끄럽구려. 좋은 곡식은 쭉정이가 잘 익어 아름답다 해도 용납하지 않으며, 떠도는 티끌은 갈고 닦은 거울을 두고 보지 못하는지라, 정에 겨워 과분하게 표현한 시어는 깎아버리고, 노력하고 공부하여 각자 날로 새로워지기를 바라오."

이이(李珥). 덕형이 느닷없이 두 글자를 써서 내밀자, 인선은 어리둥절했다.

"이것이 무엇입니까?"

"현룡이 이름을 새로 지었소."

"어째서 갑자기……?"

옆에서 현룡도 의아해서 글자를 내려다보았다. 덕형은 전에 없이 밝은 표정으로 말했다.

"지난밤 꿈에 장인어른을 뵈었소."

"예엣?"

"장인어른께서는 여전하시더구만."

"뭐가 말입니까?"

"나를 무척이나 좋아하시더라 이 말이오. 하하."

인선은 어이가 없어서 피식 웃었다. 옆에 앉아 있던 현룡도 따라 웃었다.

"장인어른께서 내게 말씀하셨소. 현룡이는 앞으로 크게 될 인물이니, 부디 백성들의 말을 귀담아듣고 어진 재상이 되라는 뜻에서 귀고리 이(珥) 자로 이름을 바꾸라고 하셨소."

"귀고리 이로요?"

"그렇소."

인선이 현룡을 돌아보자 현룡이 고개를 숙였다.

"소자는 좋습니다. 감사합니다, 아버님."

"오냐, 어허허. 장인어른께서는 우리 집안에서 정말 재상이 나오리라고 생각하시는 걸까?"

"돌아가신 분 말씀을 그렇게 함부로……."

인선은 웃으며 눈을 흘겼다. 매사에 속을 뒤집어놓기가 다반사인 남편인데 장인어른 이야기만 나오면 헤벌쭉한다. 그러자니 꿈까지 꾸는 모양이다.

"게다가 돌림자로 해도 딱 들어맞으니 아마도 장인어른께서 다 계산하고 내게 일러주신 것 같소."

덕형이 딱 부러지게 단정했다.

"네가 좋다니 어미도 좋구나."

인선은 현룡을 돌아보며 말했다. 현룡은 무언가 할 말이 있는 듯 머뭇거렸다.

"왜? 달리 의견이라도 있는 게냐?"

"소자의 짧은 생각으로는 여기 율곡촌이 제 조상님들의 터전이고 또 저를 길러주는 곳이니 사람들이 저를 율곡이라 불러주었으면 하는 생각이 있습니다."

"율곡?"

238

인선과 덕형이 서로를 바라보았다.

"하지만 아직 어린 제가 그렇게 아호를 짓는 것이 남들 보기에 건방져도 보이고 우습게도 보일까 두렵기도 합니다."

덕형과 인선이 동시에 웃었다.

"네가 참 영특하구나."

"자기 고향을 아호로 쓰는데 누가 뭐라 하겠느냐? 다만 그렇게 되면 네가 고향을 대표하는 인물이 되니 매사에 그 점을 유의하거라."

그렇게 해서 현룡은 '이'라는 이름을 가지게 되고 스스로 율곡이라는 아호도 지니게 되었다.

율곡은 인선의 자식들 중에서도 가장 뛰어났다. 매창이 시서화에 재능이 있었지만, 율곡은 어린 나이부터 학식이 넓어지고 깊어져서 자기보다 큰 형님들을 뛰어넘었다.

그리고 열세 살이 되던 해에 형들과 나란히 과거를 보러 가게 되었다.

"소자가 아직 어려서 과거에 나가는 것이 옳은지 모르겠습니다."

율곡은 어머니께 솔직히 말씀드렸다.

"게다가 만에 하나 형님들이 낙방하고 소자가 합격하면 좋은 모양새가 아니어서 걱정입니다. 차라리 형님들이 다 과거에 급제한 후 소자가 나서는 것은 어떻습니까?"

열세 살 소년의 생각치고는 참으로 깊고도 깊었다. 그러나 인선은 단호하게 잘라 말했다.

"시험이라는 것이 꼭 출세를 위해서가 아니다. 네가 학문적으로 얼마나 발전했는지를 확인하는 좋은 방법도 되는 것이니 보도록 해라."

율곡은 어머니의 권유를 받아들이기로 했다. 평소에 어머니 말씀을 거역하지 않는 효심이 잡다한 걱정을 없앴다.

형들과 함께 과거에 나가서 보니 자신과 비슷한 연배들도 상당히 많아서 안심이었다. 다들 명문가의 자손들로 태도에 거드름이 가득했다.

율곡은 굳이 합격하는 것이 중요하기보다는 어머니의 말씀을 생각하면서 붓을 들어 담담하게 자신이 아는 바를 피력했다.

그리고 형들과 달리 단번에 초시를 통과했다.

승정원에서는 어린 나이에 급제한 율곡과 그 또래들을 불러서 차를 대접했는데, 또래들 중 율곡만이 겸손하고 자신을 낮추어서 승정원의 학사들이 눈여겨보게 되었다.

"장하다. 하지만 그 정도로 네가 학문적 성취를 이루었다 생각하지 말아라. 매사 때가 있는 법이니 다시 공부에 전념하거라."

인선은 율곡이 우쭐해서 공부를 등한시할까봐 다짐해두었다. 그래서 율곡은 진사시에 급제했지만 더는 나아가지 않고 다시 공부에만 매진했다.

율곡의 나이 열다섯에 아버지는 관리가 되었다.

수운판관(水運判官).

말하자면 세금으로 거두어들이는 공물을 배로 운반하는 관리이다. 높은 관직은 아니나 중앙의 관리로서 운반만이 아니라 배의 건조와 관리도 책임지는 중요한 직책이었다.

집에서는 조촐하게나마 잔치가 벌어지고 식구들 모두가 축하해 주었다. 그런데 잔치가 끝나고 단둘이 남게 되자 인선이 덕형을 곱지 않게 바라보며 물었다.

"음직(蔭職)인 것이 흉은 아니지만, 설마 당숙께서 힘을 쓰신 것은 아니겠지요?"

당숙은 바로 당시의 판서 자리에 있는 이기(李芑)를 말하는 것이었다. 당시의 권신으로서 그를 추종하는 자들이 많았다.

"음직이 아니라 등용이오. 어찌 그렇게 말씀하시오?"

덕형은 섭섭하여 볼멘소리를 했다.

"소첩이 서방님을 무시하는 것이 아니라, 혹시라도 당숙과 그 주변 분들을 너무 가까이하는 것은 아닌가 하여 드리는 말씀입니다."

"당숙에게 조카가 다니는 것이 무어 그리 이상하오? 평소 그 사람들에게 정치와 관료사회를 많이 배우고 있었소."

"너무 권력을 휘두르는 분들이라 들었습니다. 자중해주시면 좋겠습니다."

"허어……, 어찌 아녀자가 그런 것까지 귀를 기울이시는가?"

덕형은 쓴 입맛을 다셨지만 아내 말이 틀리지 않음을 알았다.

"내 알아서 조신하게 일하리다. 어차피 이제 바빠서 어울릴 시간도 없을 것이오."

"감사합니다."

인선은 자신의 말을 들어주는 남편이 고마웠다.

남편이 떠난 후에 인선은 곱게 차려입고 집을 나섰다. 아이들에게는 공부를 하라고 일러놓았다. 집을 나선 지 얼마 안 되었는데 이내 숨이 차고 진땀이 났다.

수정동 저잣거리로 접어들기까지 몇 번이고 그늘에 앉아서 쉬어야만 했다. 그럴 때마다 손수건으로 식은땀을 닦으면서 심호흡을 했다.

숨이 차기 시작한 지 오래다. 의원은 가슴이 문제라고 했다. 숨통이 아니라 염통이 문제라고 했다. 둘 중에 어느 것이 문제이든 그건 중요한 게 아니다. 중요한 건 인선 자신이 스스로 생각해서 그다지 오래 살지는 못할 것이라는 점이다.

명이 짧으니 다른 무엇보다도 아이들이 걱정이다. 아이들을 어찌해야 어미 없이도 계속해서 잘 자라날 수 있을까.

242

저잣거리 구석에서 작은 객줏집을 찾았다. 그리고 주인에게 물어서 작은 방에 세 들어서 지내는 한 여인을 찾아갔다.

여인은 한낮인데도 불구하고 방문을 열어놓은 채 문턱에 팔을 기대고 앉아서 술을 마시는 중이었다. 얼굴이 희고 창백하다. 가슴이 아픈 자신보다 더 창백해 보였다.

인선이 앞에 가서 서자 여인은 문득 인선을 쳐다보았다.

"누구실까?"

인선은 담담한 눈길로 여인을 바라보았다.

"이원수의 아내입니다.."

여인은 멈칫 인선을 바라보았다. 그러더니 얼른 일어나서 툇마루로 나왔다.

"그냥 편하게 앉아 계셔요."

인선은 나와서 선 여인이게 도로 들어가라고 손짓하고 자신은 툇마루에 걸터앉았다.

"듣던 대로 참 단아하시네요."

여인의 칭찬에 인선이 미소를 띠었다.

"감사합니다. 그쪽도 참 고우십니다."

"한잔하시렵니까?"

여인은 웃으면서 술병을 들어 보였다.

"이게 열주(熱酒)라고도 불리고 화주(火酒)라고도 불리는 백주(白酒)랍니다."

"술을 못 마십니다."

인선은 손을 내저었다.

"그리고 몸이 아파서 마실 줄 알아도 이제는 마시지 말아야 할 지경입니다."

여인이 술잔을 들고 피식 웃었다.

"아프세요?"

"네. 듣지 못하셨습니까?"

"뭐, 들었는지 못 들었는지 기억이 잘 안 나네요."

"한번 만나고 싶었습니다."

"서로 보기 불편할 텐데, 뭘요."

여인은 입술을 비틀며 웃는 버릇이 있었다. 인선은 슬며시 웃으며 친숙하게 말을 건넸다.

"그래도 집에서 함께 형님 아우 하면서 살기도 하지요."

"판관님께서는 그럴 뜻이 없으시던데요? 워낙 형님을 사랑하셔서 말이에요. 이년한테야 뭐 심심하면 한번 마실 와서 술 한잔 걸치고 가는 것뿐이니, 이년은 그냥 술친구죠."

"그럴 리가요."

인선은 최대한 붙임성 있게 대화를 이었다.

"그래도 평소에 여기 와서 많이 쉬는 듯하니 보살펴주심이 감사할 뿐입니다."

"양반집 규수다우시네?"

여인이 술잔을 빙빙 돌리며 웃었다. 웃으면서 바라보는 눈초리가 매섭다.

"그런데 어인 일로 이년을 보러 오셨을까?"

"그저 어찌 사시나 한번 보고 싶었을 뿐입니다."

여인이 술잔을 꺾어 입안에 털어넣더니 바닥에 탁 소리가 나게 내려놓았다. 그리고 주변을 둘러보라는 듯 가리켰다.

"보다시피 이렇습니다. 뭐 가진 게 있는 양반이라야 좀 윤택하게 살아보지. 겨우 단칸에 세 들어서 하루 두 끼는 먹고 살지요."

"죄송합니다."

인선은 미안해했다.

"집안에도 그다지 나을 게 없습니다. 아이들은 많고 저는 아프고 해서 여유라고는 없지요."

"어디 아프슈?"

여인의 눈초리가 인선의 위아래를 훑었다. 인선은 시선을 받으며 몸가짐을 다시 추슬렀다.

"그냥 가슴앓이가 심합니다."

"가슴앓이? 사랑앓이?"

여인은 헤헤거리면서 대놓고 인선을 뜯어보았다.

"지금도 그런 걸 해요?"

"그게 아니라 지병이 좀 있습니다."

"아하, 난 또……."

인선은 여인을 바라보면서 내심 한숨을 내쉬었다. 여인은 술을 연거푸 마시고 있는데, 술에 대해서라면 이골이 난 모양새다.

"시서를 잘하신다고 들었습니다."

언제인가 남편이 하던 말을 들은 바가 있다. 그래도 시를 꽤 잘 읊고 글줄이나 안다고 했다. 절대 입 밖으로 내지는 않지만 몰락한 양반가 자손 같다고 했다. 같이 살을 섞고 지내도 그 말만은 해주지 않는단다.

"시서?"

여인은 킬킬대고 웃었다.

"객주로 떠돌던 년이 어디서 주워들은 거나 있겠지 무슨 시서……. 그러고 보니 성님은 대단하시다던데……. 글이면 글 그림이면 그림……. 아주 입이 마를 새도 없이 맨날 자랑이시던데?"

"별말씀을요. 그런 거 없습니다. 그저 바느질이나 좀 하는 편을 가지고 과장하시는 게지요."

"뭐, 암튼 오신 용건이나 말해봐요."

여인은 술을 또 털어넣었다. 인선은 여인을 찬찬히 바라보면서 아무 말도 하지 않았다.

"뭐, 정탐이라도 오신 분위기시네."

인선이 몸을 일으켰다. 그리고 품에서 작은 손수건으로 싼 걸 방 안으로 밀어넣었다.

"뭐유?"

"아쉬울 때나 갑자기 필요할 때 요긴하게 쓰시기 바랍니다."

"음?"

인선이 고개를 숙였다.

"다음에 기회가 있으면 또 뵙지요."

인선이 돌아 나오는데 등 뒤에서 여인의 혼잣말이 들려왔다.

"고양이 쥐 생각해주시네. 그래도 고맙수."

인선은 저잣거리를 힘겹게 걸어서 벗어났다. 그리고 사람들의 왕래가 없는 구석진 동네 어귀의 나무둥치에 걸터앉았다.

아직 추운 날씨에 식은땀을 흘리니 오한이 일었다. 추위로 인해 몸이 더 나빠지기 전에 가야지 생각하다가 왈칵 눈물이 났다.

어쩌면 좋은가. 오래 살 수 없을 것만 같은데……. 이 일을 어찌하면 좋은가. 내 아이들이 저 여자를 어머니로 모셔야 하는 일이 생기는 것인가.

눈물을 흘리면서 하늘을 올려다보았다. 차가운 바람이 스치는 하늘 위로 흰 구름이 흘러가고 있었다.

무심한 하늘이구나.

19. 비碑와 비雨

인선은 죽을 때까지 어머님을 그리워했다.

천리 먼 길 고향 산은 만 겹 봉우리로 막혔으니

가고픈 마음은 오래도록 꿈속에 있네

한송정 가에는 외로운 둥근 달이요

경포대 앞에는 한 줄기 바람이로다

모래밭에는 백로가 늘 모였다 흩어지고

파도 위에는 고깃배가 오락가락 떠다닌다

어느 때 강릉 땅을 다시 밟아서

색동옷 입고 어머니 곁에서 바느질할까

그해 봄에는 온 식구가 한양으로 이사를 해야만 했다. 삼청동에 집을 빌려서 식구들이 모두 그곳에 모여 살게 되었는데, 덕형은 수시로 배를 타고 떠나서 가족들과 함께 지내는 시간이 적었다.

　인선이 몸이 좋지 않아서 걱정이기는 했지만, 수운판관이라는 관직이 항시 수점에서 수점으로 배를 이용해서 옮겨다니는 터라 어쩔 수가 없었다.

　그럴 때마다 항상 자식들에게 어머니를 살피라 일렀지만 유독 율곡만은 데리고 다니고 싶어 했다.

　오월의 어느 날이었다. 장맛비가 추적추적 내리는 오후, 오랜만에 집에 돌아온 덕형을 맞이해서 저녁상을 차리고 마주앉았다.

　"신색이 너무 창백하오. 나는 괜찮으니 누워 있구려."

　"괜찮아요. 그보다 당신……."

　"음?"

　수저를 들던 덕형이 인선을 쳐다보았다.

　"하시는 일은 힘들지 않아요?"

　"뭐 쉬운 일은 아니지만 잘 돌아가고 있소. 나랏일이니 힘닿는

데까지 최선을 다하려고 하오."

인선은 고개를 돌려 창밖으로 쏟아지는 빗줄기를 바라보았다.

"여보, 저 있잖아요. 당신한테 부탁이 하나 있어요."

"무슨 일이오? 말해보구려."

"제가 이 세상을 떠나고 나면……."

"여보!"

덕형이 안색을 굳히면서 눈을 크게 떴다.

"입이 보살이라지 않소? 어찌 그런 불길한 말을 입에 담으시오?"

인선은 덕형을 돌아보며 힘없이 웃었다.

"그러지 마세요. 다가올 일을 모른 체한다고 오지 않을 리가요."

"어헛!"

덕형은 역정을 냈다.

"그렇게 역정 내지 마시고 소첩의 이야기를 좀 들어주세요."

인선은 덕형이 화를 내도 상관하지 않고 차분히 말을 이었다.

"소첩이 이 세상을 떠난 후에 혹시 혼자 계실 것이 아니라면, 소첩의 간곡한 부탁이니 유념하셔서, 부탁이니 권씨는 후처로 들이지 마시어요."

권씨는 향희를 말하는 것이었다. 향희는 한양으로 데려와서 멀지 않은 곳에 살게 했는데, 생전 입에 담지 않더니 무슨 일인가.

"그 사람을 보았소?"

250

"무심도 하시지."

"무슨 말이시오?"

"가끔 만나기도 했는데 전혀 모르시지 않습니까?"

"내 요즘 바빠서 그 사람도 찾은 지가 오래되니 하는 말이오."

덕형은 난처한 듯 고개를 숙였다. 사실 양반집에서 첩을 들이는 일은 형편이 어렵지만 않는다면 흠이 되지 않았다.

"질투하거나 원망하는 게 아니에요. 소첩이 살펴보니 아이들 교육에 도움이 되기는커녕 해를 입힐 것만 같아서······."

"어헛, 그럴 리가 있소?"

"소첩의 눈에는 그렇게 보였습니다."

"그게 아니라, 내 어찌 후처로 들이겠소? 그리고 그보다 이런 좋지 않은 이야기는 하지 말아주시오. 아직 아이들도 어린데 오래 살아서 우리 이가 출세하는 것도 보고 매창이 시집가는 것도 보아야 하지 않소?"

"약속만 해주셔요."

인선은 물러서지 않고 확답을 듣고자 했다. 덕형은 확답을 하면 지킬 사람이다.

"그만합시다."

덕형은 끝내 확답을 주지 않았다.

덕형은 그래도 집에서 사나흘을 묵더니 장마가 한창인 때에 배를 타고 나가야 할 일이 생겼다.

"이번에는 우리 선이와 이, 둘 다 데리고 갈 생각이오. 세상도 보여주고 관리가 어떻게 일하는가도 보여줄 참이오."

인선이 좋아서 웃었다.

"잘 생각하셨어요. 아들들이 아버지의 늠름한 모습을 볼 수 있겠네요."

"뭐 말단 관직이라 그다지 멋질 일은 없지만, 그래도 내 밑으로 백 명이 넘는 일꾼들이 있으니 관리하는 모습에서 배울 것은 있지 않겠소?"

덕형은 오랜만에 아들들 앞에서 의젓하게 관리가 된 아비의 모습을 보이는 게 기분 좋았다.

"그런데…… 배를 타기에는 날이 너무……."

"걱정 마시오. 이 정도 비는커녕 폭풍이 와도 끄덕도 않는 게 조운선이오. 게다가 해안을 끼고 도는 바닷길인지라 언제라도 피항할 수 있다오."

두 아들이 행장을 갖추고 마당으로 나왔다. 인선에게 절을 하고 아버지를 따라 나서는 두 아들을 보며 인선은 행복한 미소를 지었다.

'다행이라고 생각하자.'

인선은 남편과 두 아들이 떠난 뒤 안방으로 들어와서 지필묵을 들었다. 그리고 방금 헤어진 남편에게 편지를 쓰기 시작했다.

언제나 이맘때면 피어나던 나팔꽃이 장마를 만나더니 이제 더는 꽃을 피우지 못할 것 같습니다. 맑은 햇살을 기다리는데 해는 비추지 않고 하늘은 어둡고 무겁더니 내내 비만 내립니다. 지난해 봄을 돌아보면 아이들이 과거 시험을 보러 나서던 날이 그렇게나 좋았었는데, 이제는 당신이 행장을 꾸리고 나가시는 모습이 더없이 보기 좋습니다. 부디 그 당당하고 넉넉한 모습을 잃지 마시어요. 만일 돌아오셔서 소첩이 없더라도 당황하지 마시고 조용히 마무리해주시기 바랍니다. 조금 외롭고 힘드시더라도 아이들을 생각하시면서 언제나처럼 칭찬으로 훈육하고 사랑으로 대해주시기 바랍니다. 언제나 당신을 사모하는 인선.

장마가 걷혔다. 푸른 잎들이 다시 살아나고 햇살이 눈부셨다. 그러나 한번 진 나팔꽃은 넝쿨만 무성할 뿐 몇날 며칠이 지나도 꽃을 피우지 않았다.

담장을 기어오르는 나팔꽃 넝쿨을 바라보며 인선은 시름에 잠겨서 지냈다. 병석에 누우면 그나마 창을 통해 보던 넝쿨조차 보이지 않고 작은 창으로 눈이 시리게 푸른 하늘만 보였다.

인선은 병석에 누워서 작은 창으로 어둠이 내리고 별들이 하나둘 떠오르는 것을 보면서 하루를 보내고 다시 아침을 맞기도 했다.

'이제 일어나기도 어렵구나.'

인선은 슬며시 자리에서 일어나 다시 지필묵을 찾았다. 그리고 떨리는 몸을 가누고 아이들에게 편지를 썼다.

사랑하는 내 아들딸들아.

그렇게 써놓고 보니 참으로 행복했던 것 같다. 살아오면서 너무 좋은 일들이 많았던 것 같다. 슬펐던 일보다, 가슴 아팠던 일보다 좋은 일들이 많았던 것은 좋은 사람들과 살아서일 것이다.

아이 일곱을 낳았다. 아이 일곱이 모두 탈 없이 커주었다. 선, 번, 매창, 자미화, 이, 봉선화, 우, 준……. 무엇보다도 고마운 것은 욕심을 내고 채근을 해도 묵묵히 이해해주고 아내의 재주를 높여서 생각해준 남편 이원수였다.

어머니가 보고 싶었다.

고향을 떠나와 살면서 단 하루도 어머님 생각을 접은 적이 없었다. 날마다 그리웠고 한시도 떠올리지 않은 적이 없다.

어머니 곁에서 바느질을 배우던 시절이 너무 그리워서 이제 세상살이를 접는 것이 안타까웠다.

외할아버지. 그분 덕에 처음 글을 읽게 되었고 글을 쓰게 되었고 그림을 그리게 되었다. 언제나 하나씩 하나씩 곶감을 빼어주듯 자신을 내어주시던 외할아버지.

아버지 생각이 났다. 이 세상에서 가장 정이 많고 선량하신 분,

254

어질고 욕심도 없으시던 분, 기묘사화를 겪으신 뒤 의리를 지켜 결국 초야에 묻혀서 지내시다 돌아가신 아버지.

환하게 웃으시는 아버지가 보고 싶다.

명종 6년 음력 5월 17일, 새벽이 밝아오는 삼청동 우사에서 인선은 세상살이의 끈을 놓았다.

20. 출가出家

산은 산이고 물은 물이로다.

율곡은 형제들 중에서도 유독 어머니를 따랐다. 어머니의 죽음
은 열여섯 살 청년에게 엄청난 충격을 주었다. 이 세상이 무너지는
듯한 슬픔을 느꼈고 지닌 성격에 어울리지 않을 만큼 절망했다.

그는 모든 것을 중지하고 어머니의 무덤을 지키는 삼년상을 지
내기 시작했다. 무덤 앞의 움막은 형제들이 교대로 가서 지켰으되,
집을 떠나서 생활하는 사람은 오직 아버지뿐이었다.

그런데 얼마 지나지 않아서 집안이 발칵 뒤집힐 사건이 터졌다.

어머니께서 돌아가신 지 불과 석 달이 지났을 뿐인데 아버지는
후처로 평창 주막에서 술을 팔던 여인 권씨를 후처로 들이셨다.

그냥 첩실로 오는 것과 재혼하여 후처로 들어오는 것은 완전히
다른 경우이다. 후처로 당당하게 들어왔으니, 이제 형제들은 모두
가 권씨를 어머니로 모셔야 할 판국이었다.

형들이나 누이나 모두가 어처구니없는 상황에 분개하였다.

"어찌 아버님께서 이러실 수가 있을까?"

"나는 도저히 그 사람을 어머니라고 부르지 못하겠네."

그러나 율곡만은 달랐다.

"형님들, 부모의 행동하심이 마음에 들지 않는다 하여 거역하는

것은 옳은 일이 아닙니다."

"그렇다면 아우는 그 사람을 어머니라 부르고 공경하겠다는 말인가?"

"아우는 어머니께서 가장 아끼고 사랑하시지 않았던가?"

형들의 책하는 듯한 반론에 율곡은 태연히 말했다.

"아버님께서 부인으로 맞아들이셨으면 우리에게 어머님이십니다. 아버님께 불효할 작정이 아니시라면 당연히 어머님이라 부르고 공경해야 맞습니다."

형들은 고개를 설레설레 흔들고 돌아서버렸다.

후처 권씨가 들어오던 날, 다른 형제들은 아버지 엄명에 못 이겨서 똥 씹은 얼굴을 하고 맞이했지만 율곡만은 공손하게 자식의 예를 다 갖추어서 집 안을 안내하고 하인들을 소개했다.

그리고 아버지의 명대로 부엌살림의 모든 것을 인수하도록 자세하게 설명하고 곳간의 열쇠까지 넘겨드렸다.

그렇게 일이 다 끝난 다음 아무런 내색도 없이 집을 나와 어머니가 계신 산소로 갔다.

율곡은 어머니 산소 앞에 엎드려서 그제야 대성통곡을 했다. 가슴이 찢어지는 듯한 아픔이 그를 휘감았다. 땅을 치며 울었다.

'그래도 참아야 한다. 어머니 삼년상은 치러야 할 것 아닌가.'

권씨는 평창 주막에서 매일을 술로 보내던 향희이다. 한양으로 와서도 매일을 술로 보내던 중이었다. 당연히 술을 끊지 못하여 매일을 술로 보냈다.

술버릇이 고약해서 술만 마시면 우는데, 그냥 우는 게 아니라 대성통곡을 하고는 했다. 이유는 잡다하게 많았다. 전실 자식들이 괄시한다고 울고, 남편 이원수가 밖으로 나돈다고 울고, 하인들이 속을 썩인다고 울었다.

하루건너 한 번씩 동네가 떠내려갈 정도의 울음소리를 냈다. 그야말로 집안 망신이 아닐 수 없었다.

율곡은 그래도 아침저녁으로 문안 인사를 드리면서 삼 년을 보냈다. 하루도 쉬지 않고 아침이면 문안 인산를 드리고 나서 책을 끼고 어머니 산소로 가고, 저녁이면 어머니 산소에서 책을 거두어 들고 내려와 다시 권씨에게 문안 인사를 드렸다.

어머니의 삼년상을 마치던 날 율곡은 보따리를 쌌다. 그런 다음 미련 없이 집을 떠났다. 이 세상이 싫어서 견딜 수가 없었다.

어머니 산소에 가서 엎어졌다.

"어머니, 소자를 용서하십시오. 아직 나이가 어려 이렇게 말씀드리면 꾸지람을 하시겠지만, 세상살이가 만만치 않습니다. 이실직

고하자면 어머니께서 금하셨던 석씨의 책을 이미 읽은 바가 있고
거듭 생각하게 되었습니다. 이제 소자도 스님들처럼 산으로 들어
가 천지와 나를 그 속에 빠뜨려보고자 합니다. 부디 떠나는 소자를
용서하소서."

율곡은 어머니의 산소를 어루만지면서 눈물을 흘렸다.

'산으로 가리라.'

그는 가까운 금강산을 향해 걸었다.

금강산의 절경은 그를 안식하게 해주었다. 몸은 고달프고 언제
나 허기가 져도 싫지 않았다. 배가 고프면 정신이 맑아졌다. 가진
노자가 넉넉하지 않아서 걸식을 하다시피 했지만, 그 또한 세상을
배우는 데는 더없이 좋은 경험이 되었다.

어느 날은 깊고 깊은 산중에서 기암절벽 위에 있는 작은 암자 하
나를 발견했다.

무언가 얻어먹을 거라도 있을까 해서 다가갔는데, 암자 주변에
마땅히 있어야 할 아궁이는커녕 하다못해 그릇 한 가지도 보이지
않았다.

빈 암자인가 싶어서 암자 문을 여니 면벽을 하고 앉은 스님 한
분이 계셨다. 얼결에 두 손을 모아 인사를 드리니 스님이 돌아보는

데, 나이 든 노승이었다.

나이는 들고 승복도 형편없이 낡았지만 두 눈빛만은 찌를 듯이 형형하고 얼굴빛이 붉고 부드럽다.

"스님, 허기가 져서 그러는데 먹을 것이 없겠습니까?"

"가진 것이 없습니다."

노승은 부드러우나 냉정하게 잘라 말했다.

"보아하니 여기서 밥을 짓지도 않으시는 것 같아 보이는데, 누군가가 공양을 가지고 오기라도 하는 것입니까?"

매정하게 굴지 말고 누군가가 가지고 오면 나누어 먹자는 뜻으로 말했다.

"가지고 올 사람이 없습니다."

참으로 치사한 땡중이었다.

"그러시면 스님은 무엇으로 허기를 면하십니까?"

그러자 노승은 손가락으로 암자에 나 있는 작은 창을 가리켰다. 율곡이 노승이 가리키는 방향을 바라보자 늙은 노송 한 그루가 보일 뿐이었다.

"스님께서는 설마하니 솔잎만 드시고도 사실 수 있습니까?"

"특별한 게 아니올시다. 누구나 솔잎만 먹고 살 수 있다오."

율곡은 노승을 바라보다가 슬며시 암자 안으로 들어가 앉았다.

"잠시 머물러도 되겠습니까?"

솔잎만 먹고 사는 게 사실이라면 보통 고승이 아닌 듯해서 이왕에 마주쳤으니 선문답이라도 해볼 요량이었다.

"그러시구려."

노승이 흘끗 위아래를 훑으면서 대꾸했다.

율곡은 암자 한쪽에 앉아서 다시 면벽을 하는 노승에게 넌지시 물었다.

"그런데 스님, 공자와 석가 중 누가 성인입니까?"

노승은 아무 표정도 짓지 않고 말했다.

"선비는 빈승을 놀리지 마시오."

그러나 율곡은 물러나지 않았다.

"부처는 이족의 사람인데 어찌하여 중국이 배우겠습니까? 남만의 오랑캐가 도를 세상에 베풀 수는 없지 않습니까?"

"허허. 선비, 그게 무슨 말씀이오?"

노승은 역시 무표정하게 말을 받았다.

"중국의 성군 순(舜)임금도 동쪽 오랑캐이고 문(文)임금도 서쪽 오랑캐인데, 그들이 중국에 가르침을 베풀지 않았소?"

"그러나 불가의 묘한 듯 보이는 도는 그 뜻이 저희 유가의 도를 넘어서지 못하지 않습니까?"

율곡은 노승을 압박하고자 말을 이었다.

"한데 스님께서는 이야기하시는 것으로 보아 저희 유학을 공부하신 것 같은데, 어찌하여 유가를 버리고 불가를 택하셨습니까?"

"유가에도 즉심즉불(卽心卽佛)이라는 말이 있소?"

노승은 율곡을 떠보았다. 의미인즉슨, 스스로 부처가 되는 법이 있느냐는 뜻이다.

　"맹자께서는 항시 성선(性善)을 말씀하셨지요. 또 인간은 누구나 요순(堯舜)이 될 수 있다고 하였으니, 모두가 부처가 아니겠습니까? 어찌하여 유가에 즉심즉불이 없다고 하십니까?"

　율곡은 내처 반론을 펼쳤다.

　"다만 유가는 불가처럼 산속으로 달아나서 세상을 등진 채 해탈을 찾지 않고 우리가 사는 세상 속에서 현실적으로 세상을 위할 진리를 찾고자 하는 것입니다."

　노승은 잠시 말없이 율곡을 바라보았다. 그러더니 나직이 주문을 외우듯이 말했다.

　"비색비공(非色非空)."

　인간의 깨달음은 색도 아니요, 공도 아니라는 뜻이다.

　"이 말의 뜻을 선비님은 아시오?"

　율곡이 모를 리가 없었다. 어려서 누구도 몰래 불가의 책을 여러 번 읽고 깊게 사유한 적이 있기 때문이다. 비색비공의 상태가 곧 반야(般若) 아니던가.

　율곡은 암자의 열린 문을 통해 눈앞에 펼쳐진 금강산의 풍경을 가리켰다.

　"저 보이는 것이 모두 비색비공 아니겠습니까?"

　노승이 멈칫 눈에 놀란 빛을 띠었다. 율곡은 반응에 상관하지 않고 반문했다.

"솔개가 날아 하늘을 차고 물고기가 연못에서 튀어 오르는 것은 색입니까, 공입니까?"

노승이 부드럽게 웃었다.

"그것은 색도 아니요, 공도 아니지요. 진여(眞如) 그 자체지요."

자연은 있는 그대로이고 진리의 본체라는 뜻이다.

"어찌 그런 시의 구절 하나로 불교의 경지를 논할 수 있겠소?"

노승의 공격에 율곡이 마주 웃었다.

"언설이 있으면 이미 경계가 있는 것인데 어찌 진리가 따로 있다고 말씀하십니까? 그렇게 말씀하시면 오히려 유가의 현묘한 이치는 말로 전할 수 없는 높은 경지가 되고 불가의 도는 문자 밖으로 나갈 수 없지 않습니까?"

율곡의 말에 노승이 깜짝 놀라서 바라보더니 몸을 돌려 자세를 고쳐 앉았다.

"선비님은 참으로 높은 경지에 이른 유자(儒者)인 듯하오."

"송구스럽습니다."

율곡은 고개를 숙였다. 노승이 반듯하게 자신 앞에 앉아준 것만으로 이제 되었다고 생각했다. 허기를 면할 것이 없으니 그냥 헤어져야 했다.

율곡은 공손히 두 손을 모아 합장한 채 인사하고 암자를 빠져나왔다.

율곡은 금강산의 작은 절에서 한 해를 보냈다. 뭐든 하면 열심인 그의 성정으로 인해 주변의 모든 스님들은 율곡이 아주 훌륭한 고승이 될 것으로 여겼다.

그러나 율곡은 불가의 도를 끝내 유가의 도에 못 미치는 것으로 깨달아서 결국 환속을 결심하게 되었다.

'도피는 도가 아니다.'

終

천하의 가장 넓은 자리에 거하고
천하의 가장 바른 자리에 서고
천하의 가장 큰 도를 행한다
뜻을 얻으면 백성들과 더불어 하고
뜻을 얻지 못하면 그 도를 나 홀로 행한다
부귀도 나를 타락시킬 수 없고
빈천도 나를 움직일 수 없어
어떠한 위세와 무력도 나를 굴복시킬 수 없으리

율곡은 속세로 돌아와서 집으로 가지 않고 강릉의 외할머니댁으로 가 머물렀다. 어머님은 세상에 계시지 않았지만 외할머님은 아직 살아계셨다. 율곡은 그곳에서 다시 공부를 시작했다. 그리고 일 년 후에 한양으로 올라가 과거를 보아 1차 합격을 했지만, 2차에 도전하지 않고 성균관에 들어가 공부하기를 원했다.

그러나 성균관 유생들은 한때 불가에 입문했던 율곡이 성균관에 들어가서 공부하는 것을 막았다. 불가를 배척하고 불경을 석씨의 책이라고 불렀던 유생들이 불가에 몸을 담았던 율곡과 함께 공부하기를 싫어하는 게 당연했다.

그러나 다행히도 성균관 유생들에게 영향력이 크고 권력자였던 심통원(沈通源)이 유생들을 설득하여 겨우 성균관에서 공부할 수 있었다.

"어찌들 그렇게 어리석은가? 누구나 평생을 살아가면서 학문의 길을 탐구하다 보면 이런저런 우여곡절이 있게 마련이다. 어찌 곧은길만 걸어가겠느냐? 오히려 겪고 느낀 게 크다면 더욱 멀리하고 경계할 수도 있는 게 아니냐?"

그렇게 해서 함께 공부를 하기는 했지만 역시 유생들은 율곡을

267

좋아하지 않았다.

그다음 해에 율곡은 관문에 들어서지 못한 채 아내를 맞았다. 아내는 곡산 노씨 집안의 딸이었다. 장인은 성주목사를 지내는 사람이었고 학문이 깊은 율곡을 아꼈다.

그러던 율곡은 혼인한 다음 해에 드디어 인생에서 가장 큰 스승이자 벗인 퇴계(退溪) 이황(李滉) 선생을 만나게 되었다. 성주에서 장인을 만나뵙고 돌아오는 길에 예안의 도산에 계신 퇴계 선생을 만나게 되었던 것이다.

퇴계 선생은 많은 제자를 거느리고 있었지만 율곡의 방문을 마다하지 않았다.

율곡은 저녁 무렵에 이제 막 공부를 마친 학생들이 빠져나가 고즈넉한 도산서당의 커다란 학당으로 들어갔다.

안내를 해주던 학생이 공손히 절하고 나간 뒤에 율곡이 들어가 절을 올렸다. 퇴계 선생은 책을 정리하다가 율곡이 들어서서 절을 하자 몸을 일으켜서 반절로 맞이해주었다.

"후학말도를 이렇게 맞이해주셔서 감사합니다."

"말대로 정말 젊으시구만. 올해 약관 몇이신고?"

퇴계 선생은 낯빛이 환하고 인자한 모습이었다.

"올해 스물둘입니다."

"오호, 빈도와 마흔 가까이 차이가 나는구만. 과거는 응시했고?"

"어려서 한 번 응시해서 진사시에 붙었고, 재작년에 한 번 보았으나 선차만 합격하고 그만두었습니다."

"어째서?"

"제 스스로가 아직 관문에 들어서기에 부족하다고 여겼습니다."

"그러한데 어찌 선차는 보았나?"

"저희 집안이 궁핍하고 넉넉하지 못한지라 집안에 조금이라도 보탬이 될까 하고 보았습니다."

율곡은 당당하게 말했다. 먹고살기 위해서, 돈이 필요해서 보았다는 말이 창피하지 않았다.

"흠……, 녹봉이 탐이 난 겐가?"

"부끄럽지만 그렇습니다."

흠. 퇴계 선생은 입가에 미소를 머금으면서 율곡을 찬찬히 뜯어보았다.

"그런데 도중에 마음이 바뀐 것인가?"

"그렇습니다. 소생이 어머니를 여의고 삼년상을 치른 때가 열아홉이었습니다. 그해에 어머니 안 계신 세상에 너무 비관한 나머지 그만 불가로 들어가버리고 말았습니다."

"불가라? 석씨의 도를 닦았더라는 말이신가?"

퇴계 선생의 이맛살이 조금 찌푸려졌다.

"그랬습니다. 너무 충격이 컸던 모양입니다. 그래서 유생으로서 못할 짓을 했으므로 그에 대한 후회가 아직도 남아 있습니다."

269

율곡은 퇴계 선생의 눈을 똑바로 바라보면서 침착하게 말을 이어나갔다.

"그로 인해서 마음속에 갈등이 일어났습니다. 과연 내가 관리가 되어도 좋은가, 나랏일을 맡아서 해도 좋은가, 그런 생각이 복잡하게 일어나서 응시를 멈추었습니다."

퇴계 선생은 율곡을 유심히 바라보았다. 참으로 맹랑하지 않은가. 창피를 모르고 녹봉이 탐나서 과거를 보았다고 하지를 않나, 감히 석씨의 도를 공부했다고 고백하지를 않나, 보통 녀석이 아니라고 생각되었다.

"그러면 이제 어찌할 요량이신가?"

"다시 공부에 매진할 작정입니다."

"그럼 내게는 어쩐 일로 왔고?"

"선생님께 가르침을 받고자 왔습니다. 성리학은 오묘하고 깊어서 만물의 도를 다 담고 있는데 소생은 만물의 만분의 일도 이해하지 못하고 있으니 유생으로서 부끄러울 뿐입니다."

"이 세상 누군들 만물의 이치를 알겠는가? 그저 끊임없이 성찰할 뿐일세."

퇴계 선생은 율곡이 마음에 들었다. 겸손하면서도 당당하고 생각이 깊으면서도 호방하지 않은가.

"그러나 저러나 한자리에서 많은 걸 주고받을 수 있겠는가? 머물면서 차차 이야기해보세."

270

한마디로 내 서당의 식솔이 되어도 좋다는 뜻이다. 율곡은 고마움에 고개를 숙였다.

"베푸시는 아량에 감읍할 따름입니다."

율곡은 그날부터 퇴계 선생의 식솔이 되어 공부했다. 그리고 그 만남으로 인해 율곡에게 있어서 퇴계 선생은 평생의 스승이 되었다.

퇴계 선생은 율곡을 칭찬하면서 "후생가외(後生可畏)라는 옛 성현의 말씀이 틀리지 않는 걸 알겠다."라고 하였다.

율곡이 너무 뛰어나서 감당하기 어렵다는 뜻이다. 그만큼 매일 주고받는 서로의 대화는 신랄하고 격론이었다. 그리고 율곡은 멀리 떨어져 있으면서도 자기 신상이나 앞날에 대해서 묻기도 하고 성리학의 이론에 대해서 의견을 주고받기도 했다.

퇴계 선생의 이기론(理氣論)에 자신의 생각을 넣어 이기이원적 일원론(理氣二元的一元論)을 완성시켜 퇴계 선생에게 보냈고, 퇴계 선생은 그 이론을 거부감 없이 받아들여서 자신의 이론에 수정을 가하기도 했다.

율곡은 스승만이 아니라 친구를 주변에 잘 두어서 친구들 덕에 윤택한 생활을 할 수 있었다. 물질적으로 윤택하다는 게 아니라, 그의 생활 전체에 있어서 친구들은 그에게 많은 가르침을 주었다.

파주의 율곡촌에서 자랄 때부터 함께 동문수학한 우계(牛溪) 성혼(成渾)은 평생의 친구이자 학우로서 성품과 실력이 뛰어났고, 파주에서 멀지 않은 구봉산 아래에 살던 송익필은 비록 서출이어서 관직에 등용되지는 못했으나 성리학의 대가로서 율곡과 많은 부분에서 학문의 뜻을 같이한 평생의 친구였다.

율곡이 퇴계 선생을 만난 그해는 율곡에게는 정말 좋은 한 해였다. 그해 겨울에 문과 별시에서 장원을 해서 세상을 놀라게 했다.

그러나 율곡은 결국 복시에 응시하지 않아서 그냥 무위로 끝나고 말았다. 그리고 부친상을 당해서 그 후로 삼 년 동안 시묘를 하는 바람에 스물아홉이 되도록 관문에 들어서지 못했다.

그런데 스물아홉이 되자 마치 그동안 갈고 닦은 학문을 한꺼번에 쏟아내듯이 갖가지 시험에서 무려 일곱 번을 장원급제하였다.

그리하여 모두들 구도장원공(九度壯元公)이라고 부르게 되었다.

그리고 그제야 율곡은 관문에 들어섰다.

관문에 들어섰지만 살림이 넉넉지 않고 먹여 살릴 식구들은 많아서 관리로 생활하면서도 가난에 시달렸다. 젊은 나이에 명종 임금을 직접 대면하면서 관직에 앉았지만, 너무 높은 직위는 마다하기도 하고 또 임금의 눈치를 보아서 충언을 못하는 적은 없었다.

그런 율곡을 명종 임금은 껄끄러워하면서도 언제나 근거리에 두고 많은 조언을 들었다. 또 명종 임금이 승하하고 뒤를 이은 선조 임금은 더욱더 율곡을 지근거리에 두려고 했다.

율곡은 선조 임금이 어려서부터 총명하고 책을 가까이한다고 생각해서 나라를 옳게 일으킬 기회로 보았다. 그래서 수시로 상소문을 올리고 갖가지 책자를 만들어서 바쳤으나 선조 임금은 언제나 좋은 글이라고만 하고 실행에 옮기지 않았다.

율곡은 실망해서 관직에서 나가기를 여러 번 청했고 몸이 아프다는 핑계로 낙향하기가 일쑤였다. 그렇게 선조 임금을 보좌했지만 오래된 당쟁과 안일하게 국사를 생각하는 선조 임금은 율곡의 조언을 제대로 이행한 것이 없다.

율곡은 높은 관직에 있으면서 수많은 경연에 참석하고《동호문답(東湖問答)》,《성학집요(聖學輯要)》 등의 책을 선조 임금에게 바치면서 변혁을 꾀하였다.

높은 관직에 있었으나 식구는 많고 거둘 입이 많아서 항상 가난하기도 하였다. 그래서 한때 호미 따위의 농기구를 만들어서 팔아야 했을 정도였다.

그러면서도 벼슬에 연연하지 않고 언제나 임금에게 충언을 하고 백성을 위해 일하려고 노력했다.

그러나 조정은 낡고 병들어 약하기만 했고, 관리들은 하나같이 당쟁에 빠져서 임금을 보좌하지 못했다. 게다가 선조 임금은 율곡을 좋아했으나 율곡의 끝없는 잔소리는 싫어하기 시작했다.

율곡은 국제 정세를 제대로 읽고 하루빨리 군대를 양성해야 한다고 주장했다.

"만일 신의 말이 틀린다면 신의 목을 치소서!"

그렇게 읍소했으나 통하지 않자 결국 포기하고 실망 속에 말년을 보내야만 했다.

율곡이 죽은 후 몇 년 지나지 않아서 왜란이 일어나 조선은 쑥대밭이 되었다.

後記

가끔 주변 사람들이 집안 자랑하는 걸 들을 때가 있다. 돈이 엄청난 집안, 유명 연예인이 있는 집안, 국회의원이나 장관이 있는 집안, 그리고 특히 세간의 주목을 받는 재벌가.

여객기가 땅콩 때문에 회항을 할 정도로 막강한 재력형 집안도 있다. 병역도 능히 피하고 이중국적을 따내고 어려서부터 외국인만 다니는 학교에 들어가 공부할 정도로 권력을 가진 집안도 있다.

그들의 집안을 가문이라고 자랑할 수 있는가.

적어도 가문이라고 자랑할 만하려면 지금으로 치면 수조 원에 이르는, 집안의 전 재산을 팔아서 독립운동을 하러 떠나던 이회영 선생의 가문 정도라면 자랑할 만하지 않은가. 평생 자기 집 머슴뿐 아니라 남의 집 머슴에게도 하대를 하지 않았다는 그런 선생의 집 안이라면 가문이라고 할 만하지 않은가.

그리고 그런 가문이 있다면 그런 가문을 이룬 사람들은 어떤 사람들인가. 소위 유림이라고 불리고 선비라고 불린 사람들은 어떻게 살아갔는가. 모두 부귀영화를 누리고 높은 학식으로 나랏일을 하던 사람들을 말하는 것인가.

나는 가문으로 조선 최고의 유학자 율곡 이이를 낳고 교육시킨 신사임당의 집안을 표본으로 삼고자 했다. 그리고 그들의 벗과 스승과 제자들이 모인 사림을 표본으로 삼아 이 글을 썼다.

재주가 미약하여 그분들의 가문에 누를 끼치지 않았기만을 바라면서……

2016년 여름 수락재에서, 손승휘